Edition Knurrhahn

Mimikry Junior (Hg.)
„Gib mir Fünf“

Ausgewählte Reizwortgeschichten

Der NZ-Schreibwettbewerb für jugendliche Autoren

Ein Mitmach- und Mutmachbuch

Edition Knurrhahn
im Thomas Rüger Verlag
Nürnberg

Dank gebührt allen, die zum Fertigstellen dieses Buches beigetragen haben!

Die Deutsche Bibliothek - CIP-Einheitsaufnahme

Ein Titeldatensatz für diese Publikation ist bei
der Deutschen Bibliothek erhältlich

Impressum:

„Gib mir Fünf"
Ausgewählte Reizwortgeschichten
Herausgegeben von
Mimikry Junior

Printed in Germany.
Druck: Gruner Druck, Erlangen
Umschlaggestaltung: Heinz Oehme

1. Auflage Juni 2009

ISBN 978-3-932717-33-8

Inhaltsverzeichnis

Liebe Leserin, lieber Leser,

dieses Buch soll allen, die es in die Hand nehmen und lesen, nicht nur eine interessante Lektüre liefern, sondern auch Lust und Mut machen zum Selberschreiben.

„Gib mir Fünf" beruht auf einem Schreibspiel, das viele in ihrer Schulzeit kennen gelernt haben: Reizwortgeschichten.

Anhand von vorgegebenen Wörtern - in unserem Falle lauten die fünf Reizwörter: Ananas, Café, Kerze, Post und Wunder - soll eine eigene Geschichte geschrieben werden.

Diese Geschichte kann witzig oder traurig, real oder surreal, länger oder kürzer sein - sie sollte jedenfalls originell sein. Alle fünf Reizwörter müssen in dieser Geschichte auftauchen!

Herausgegeben wird dieses Buch von der Schreibgruppe Mimikry Junior. Chiara, Christina, David und Viktoria waren bei einem von mir geleiteten Schreibangebot „Kreatives Schreiben für Kinder" aktiv.

Reizwortgeschichten sind übrigens nur ein winzig kleiner Ausschnitt aus der mannigfaltigen Angebotspalette des kreativen Schreibens.

Es war auch für mich sein sehr spannender Prozess, gemeinsam mit den Jung-Schreibern dieses Buchprojekt zu planen und zu verwirklichen. Wir haben in teilweise mühevollen Diskussionen die einzelnen Schritte geplant.

Ich danke daher allen für ihre kreative Ader, für ihre Geduld und Ausdauer: Ohne die (nicht nur finanzielle) Unterstützung des Inner Wheel Club Nürnberg Sibylla Merian wäre diese Projekt nicht Wirklichkeit geworden.

Hervorzuheben ist die Unterstützung durch die Redaktion der Nürnberger Zeitung.
Eine lobende Erwähnung verdienen auch alle Illustratoren.

Für die Mitglieder von „Mimikry Junior“ war es von vorneherein klar, dass sie sich nicht nur kreativ betätigen möchten, sondern gleichzeitig ein soziales oder ökologisches Zeichen setzen wollten. Insofern fließt ein Teil des Bucherlöses in die Sanierung eines Fledermauskellers (ausführlichere Informationen hierzu im Anhang des Buches!).
Mimikry Junior setzt damit das fort, was die 1997 gegründete Literaturgruppe Mimikry vorgemacht hat, denn deren drei Buchprojekte unterstütz(t)en den Wohltätigkeitsfonds „Freude für alle“.

Bedarf es einer Gebrauchsanweisung für die Lektüre dieses Buches? Sicherlich nicht - nur den Ratschlag, die nachfolgenden Geschichten nicht auf einmal zu lesen, sondern in kleineren Portionen.

Dieser Auswahlband ermöglicht es, in vierzig verschiedene Gedankenwelten von jugendlichen Schreibern einzutauchen. Doch Sie haben sich mit diesem Band ein einzigartiges Exemplar gekauft... wenn Sie die Leerseiten bewusst nutzen und Ihre eigene Geschichte hier aufnotieren. Greifen Sie zur Feder, lassen Sie Ihre Fantasie von den fünf Reizwörtern beflügeln ... und Sie werden durch das eigene Schreiben erkennen, dass Sie auf spielerische Art und Weise die Tür zu neuen Welten öffnen können. Mit etwas Übung und Erfahrung wird der anfänglich wohl etwas zögerliche Schreibfluss zu einem stetig breiter und schneller fließenden Strom. Schreiben ist immer wieder ein neues Abenteuer. Manchmal gilt es, Stromschnellen zu meistern oder Staudämme zu überqueren. Mit etwas Geduld und Beharrlichkeit wird man jedoch im Hafen der fertigen Geschichten als stolzer Schreibkapitän vor Anker gehen können. Die Geschichten in diesem Buch sollen daher Mut machen, sich auf solche Abenteuer einzulassen.

Es lohnt sich!

Mit reiz(wort)vollen Grüßen
Thomas Rüger

P.S.: Ein besonderer Dank gilt den Mit-Jurorinnen Astrid Gost, Anabel Schaffer, Ella Schindler, Viktoria Gomer und Christina Maxeiner. Es war eine besondere Herausforderung, aus einem Pool von über 250 (!) Einsendungen auswählen zu dürfen und zu müssen.
Wir haben uns diese Entscheidung bestimmt nicht leicht gemacht - leider mussten wir über zweihundert Absagen erteilen.

Das verschwundene Paket

Es waren einmal ein Junge und ein Mädchen, die hießen Max und Jenny. Eines Tages schickte ihre Mutter sie zur Post, sie sollten dort ein Paket abgeben, und sie meinte, es sei sehr wichtig. Sie machten sich gleich auf den Weg, da hörten sie ein Geräusch und vor ihnen stand plötzlich eine Hexe und zeigte mit ihrem Zauberstab auf sie und sagte: „Euch kriege ich auch noch." Sie hatten Angst und liefen schnell weg. Die Hexe zielte auf die beiden, traf aber nur das Paket; das Paket verschwand.

Max und Jenny liefen weiter und rannten in einen Wald hinein. Max rief zu seiner Schwester: „Ich denke, wir sind in Sicherheit!" Jenny: „Aber wo sind wir jetzt, ich glaube, wir haben uns verlaufen."

Im Wald hörten sie eine Stimme: „Hallo, vor wem lauft ihr denn weg?" Die beiden Kinder suchten, wo die Stimme herkam, da sahen sie eine Ananas. „Oh, wer bist du denn?" meinte Max verwundert. „Ich bin Kevin, die Hexe Lilly hat mich verhext, sie will alle Kinder verhexen." „Das wollte sie mit uns auch tun", sagte Jenny, „aber wir sind weggelaufen."

„Wir müssen sie aufhalten", sagte Kevin. Die kleine Ananas gab einen Tipp: „Um sie zu stoppen, müsst ihr drei Dinge finden, leider weiß ich nur eines davon: Ihr müsst zu einem großen Berg und dort ist ein Zauberstock versteckt, und den müsst ihr suchen, ich werde euch begleiten." Alle drei marschierten los auf den Berg und als sie ankamen, suchten sie nach dem Zauberstock und als sie ihn gefunden hatten, hörten sie diesmal eine Mädchenstimme: „Hilfe, Hilfe, ihr müsst mir helfen, ich bin Annabell. Die böse Hexe Lilly hat mich verhext, ich will zu meiner Mama." Die Drei sahen vor sich eine Kerze. „Wir wollen die böse Hexe stoppen, komm mit uns und hilf uns!" sprach Kevin, die Ananas. „Ich weiß auch, wie ich

euch helfen kann“, rief Annabell. „Wir müssen in eine Höhle und einen Zauberstein finden, folgt mir!“
Bei der Höhle angekommen, sahen sie eine Kaffeetasse, die rief: „Hi, ich bin Lina Café, was macht ihr denn hier?“ Max: „Wir wollen die böse Hexe Lilly stoppen, und zwar müssen wir in der Höhle den Zauberstein finden.“ „Meint ihr den hier?“ Lina Café bückte sich und in ihrer Öffnung lag ein Stein. Kevin, die Ananas sprach: „Ja bestimmt, jetzt müssen wir nur noch eine Sache finden, dann können wir die böse Hexe stoppen. Wir haben den Zauberstock, den Zauberstein, was fehlt wohl noch?“
Lina Café sagte: „Ich weiß nur, dass wir eine Zauberkugel im Wasser finden müssen.“
Plötzlich kam ein fürchterliches Gewitter und ein Rabe erschien vor ihnen. Die Kerze Annabell rief ängstlich: „Ich weiß, wer das ist. Das ist die Hexe Lilly. Als sie mich verhext hat, hat sie sich danach in einen Raben verwandelt, schnell weg hier!“ Sie rannte in die Höhle und alle hinterher.
In der Höhle angekommen, sprach Jenny ganz außer Atem: „Ich glaube, sie ist uns nicht nachgekommen.“ Auf einmal machte es platsch und Kevin, die Ananas rief: „Aua, Hilfe ich bin ins Wasser gefallen.“ Die anderen kamen angerannt, „Oh wie tief denn?“ riefen alle wie im Chor „Mindestens 1000 Meter“, sagte Kevin. „Und wie sollen wir dich da raus holen?“ riefen wieder alle „Wer am besten das Seil runter lassen kann, über das ich gestolpert bin. Oh, ich glaube, ich habe das fehlende Ding gefunden, es fühlt sich an wie eine Kugel!“ rief Kevin. Mit vereinten Kräften zogen sie ihn am Seil heraus. „Dankeschön“, sagte Kevin. „Aber jetzt bleiben wir besser dicht zusammen.“
„OK, jetzt haben wir alle drei Sachen, was sollen wir denn jetzt machen?“, sprach Lina Café. Sie legten alle 3 Teile aufeinander und als die Zauberkugel, der Zauberstock und der

Zauberstein sich berührten, verwandelte sich das Ganze in einen Schlüssel.
„Oh, toll und was machen wir jetzt?“ sagte Max
„Hilfe, was ist das?“ rief die Kerze Annabell. Ein lautes Poltern ging durch die Stille und vor ihnen stand ein riesiger Drache. Mit tiefer Stimme sprach der Drache: „Oh, hallo. Was macht ihr denn hier?“
„Wirst du uns wehtun?“ flüsterte Annabell. „Nein, ich hab noch keiner Fliege was zuleide getan.“ „Wir wollen die Hexe Lilli stoppen, denn sie hat uns verhext, wir sind eigentlich Kinder, kannst du uns helfen?“, sprach Jenny. „Ihr müsst nur den Weg weiter gehen, da ist der Ausgang und gleich hinter dem Berg ist ihr Schloss, ihr müsst in ihr Schlafzimmer gelangen und dort eine Tür finden, in die der Schlüssel passt, diese müsst ihr öffnen, dahinter ist ein Besen, den müsst ihr zerstören, wenn ihr das geschafft habt, verliert sie ihre Zauberkraft.“ „Kommt schnell“, rief Annabell, „damit ich endlich zu meiner Mama kann!“ „Stop“, rief der Drache. „Aber ich darf euch nur weiter lassen, wenn ihr ein Rätsel löst. Und zwar, warum verhext die Hexe Kinder?“ „Na, dass niemand auf der Welt mehr glücklich ist. Die Eltern sind traurig, weil sie ihre Kinder nicht mehr haben und die Kinder, weil sie verhext worden sind!“ antwortete Kevin. „Ja, das ist richtig“, lachte der Drache. „Schnell geht weiter und viel Glück!“
Sie machten sich auf den Weg und fanden auch gleich das Schloss. Als sie ins Schlafzimmer kamen, sahen sie die Hexe schlafend auf ihrem Bett. „Pst, wir müssen leise sein“, flüsterte Max. „Aber wir müssen die Tür finden“, flüsterte Jenny zurück. Lina Café sagte: „Schaut mal, unter dem Teppich ist eine Falltür.“ Max zog den Teppich weg und es ist wirklich eine Tür mit Schloss. Max steckte den Schlüssel in das Schloss. Die Tür springt auf und darin lag der Zauberbesen. Max nahm den Besen und brach ihn in der Mitte auseinander.

Da gab es einen lauten Knall und überall waren Funken wie ein Feuerwerk. Da standen sie nun: Aus der Ananas wurde wieder der Junge Kevin, die Kerze war das Mädchen Annabell und die Tasse war das Mädchen Lina und aus der bösen Hexe Lilly war eine ganz alte Frau geworden. Annabell rief „Ein Wunder ist geschehen, jetzt kann ich endlich zu meiner Mama!“ Max sagte zu Jenny: „Und wir zur Post“, denn er hatte plötzlich wieder das Paket in der Hand. Und alle liefen fröhlich lachend davon.

AWO Hort Leonhard
(Fabio Avolio, Hüseyin Cinar,
Oli-Yadi Habtamu,
Bekir Karatekin)

Illustration: AWO-Hort

Das grüne Wunder

Es ist Samstagnachmittag und Martin war allein zu Hause; seine Eltern sind zum Einkaufen weggegangen. Anschließend wollten sie noch in ein Café gehen und ihm ein Bamberger Hörnchen mitbringen.
Da klingelte der Postbote an der Tür; der Bub öffnete und nahm ein Paket entgegen. Er dachte: „Oh, was mag da wohl drin sein? Vielleicht was zum Naschen?"
Schnell holte er die Schere aus der Küche und öffnete die Schachtel. „Oh Mann, was ist denn das?!" Entsetzt starrte er in die Kiste. Zu sehen war nur ein stacheliges Grün, der Rest einer Ananas. Daneben lag eine geheimnisvolle Botschaft: „Pflanze das in die Erde ein! Dann erwartet Dich ein Wunder." Martin überlegte fieberhaft: „Will mich da jemand auf den Arm nehmen?"
Er holte Blumenerde und einen Tontopf und machte sich an die Arbeit. Als er den Ananasstummel eingepflanzt hatte, betrachtete er zufrieden sein Werk: „Noch ein bisschen Wasser dazu und fertig!", dachte Martin stolz.
Jeden zweiten Tag goss er die Pflanze, und jede Woche wuchs sie 5 Zentimeter.
Auf einmal war die Überraschung groß: Einen Tag vor Silvester erschien eine kleine Kerze mitten im Gewächs. Der kleine Gärtner zündete den Docht am nächsten Tag an und wünschte sich was, von dem er schon lange geträumt hatte.
Möchtest Du wissen, was?
Dann pflanze doch auch einmal eine Ananas ein!

Daniel Brisken

Wie gewonnen, so zerronnen

An einem Montagmorgen ging Herr Huber wie immer zur Arbeit. Als er auf dem Weg war, sah er einen Geldbeutel auf dem Gehweg liegen. Unsicher hob er ihn auf und schaute in den Geldbeutel rein. Es waren 150 € darin. Er schaute sich nervös nach allen Seiten um. Seine Hände schwitzten, als er ihn einsteckte. „Hoffentlich hat mich keiner gesehen", dachte Herr Huber. Den ganzen Tag in der Arbeit hatte er ein schlechtes Gewissen. Ihm schmeckte nicht mal der frisch gepresste Ananassaft in dem Café, wo er Mittag machte. Beim Nachhause gehen lief er viel schneller als sonst. Als er daheim war, sagte er zu seiner Frau: „Ich lade Dich heute Abend in das Gasthaus Wunderpost zum Essen ein." Als sie dort waren, setzten sie sich an einen Tisch, der schön gedeckt war mit Blumen und Kerzen. Als sie gegessen hatten, kam der Ober mit der Rechnung. Herr Huber war sehr erleichtert. Er dachte sich: „Endlich ist das Geld weg, über das ich mir den ganzen Tag Gedanken gemacht habe." Als er mit seiner Frau nach Hause ging, erzählte Frau Huber ihrem Mann, dass sie heute Morgen ihren Geldbeutel mit 150 € verloren hatte. Herr Huber dachte sich: „Die ganze Aufregung umsonst!"

Leon Buczek

Nie wieder Langeweile im Café

Als ich an einem Sonntag, wie üblich, mit meiner Familie im Café saß und die Mittagssonne in mein Gesicht schien, da dachte ich mir: „Die Sonne scheint so hell wie eine Kerze.“ Ich überlegte weiter und irgendwie stimmte es wirklich. „Wie eine Geburtstagskerze“, ging es mir durch den Kopf; und auf einmal war dort im Himmel eine Geburtstagskerze in einem Kerzenständer.

Ich konnte meinen Blick nicht mehr abwenden und starrte auf das Objekt am Himmel. Und da erkannte ich den Kerzenständer. Er war eine Ananas. Tatsächlich steckte die Kerze in einer Ananas.Verwundert rieb ich mir die Augen und blickte noch einmal hinaus zur Sonne. Doch ich traute meinen Augen kaum. An der Ananas lehnte nun auch noch ein Brief. Angestrengt starrte ich den Brief an, denn ich erkannte eine Schrift. Voller Konzentration entzifferte ich, was dort stand: Nele.

„Nele, so heiße ich ja“, schoss es mir durch den Kopf. Bei genauerem Hinschauen las ich nun auch noch Feser. Und ich hieß Nele Feser.

„Das konnte doch nicht sein“, war mein erster Gedanke. „Ich komme in einer halben Stunde wieder!“, sagte ich zu meinen Eltern. „Okay, wir trinken noch einen Kaffee“, antworteten sie. Ich zog mir meine Jacke an und lief Schritt für Schritt nach draußen, ohne meine Kerze am Himmel aus den Augen zu verlieren. Auf einmal schwebte die Post vom Himmel und landete in meinen Armen. Ich las noch einmal genau nach, doch da stand wirklich 'Nele Feser'.

Ich riss den Brief auf und fing sofort zu lesen an.

„Liebe Nele“, stand dort, „du hast ein wunderbares Lied an meiner Beerdigung gespielt! Als Dank schenke ich Dir diesen

Kerzenschein. Wir werden uns bestimmt wieder sehen (nach deinem Tod), aber hoffentlich nicht so bald. Dein Opa."
Mir rollte eine Träne über die Wange. „Gern geschehen", flüsterte ich zum Himmel hinauf, „ich vermisse Dich sehr! Und werde es auch weiter tun! Danke für alles. Den Kerzenschein und den Ananaskerzenständer. Sie werden mich immer an Dich erinnern, wenn ich Ananas esse oder im Café sitze. Und danke für den Brief!"
Seit diesem Erlebnis freute ich mich immer ganz besonders aufs Café, denn dort konnte ich in Ruhe an Opa denken! Mir war nicht mehr langweilig, doch manchmal war ich traurig.

Nele Feser

Freitag, der 13. - ein Glückstag!

Am vergangenen Freitag entlief aus dem Nürnberger Tiergarten ein kleines Nashorn und verursachte einen Brand in einem Obstladen.
Am Nachmittag des 13.02.09 wollte der für die Nashörner zuständige Mitarbeiter Anton P. das Nashornbaby Lola füttern, als er von einem seiner Kollegen gerufen wurde. Wie uns Anton P. später berichtete, handelte es sich um die Geburt eines Löwen. Der Nashornpfleger verließ den Käfig, um zu helfen, und vergaß in der Eile, die Käfigtür zu schließen. Das Nashornbaby konnte unbemerkt aus dem Tiergarten auf die Straße spazieren. Wie uns die zuständige Polizeidienststelle Ost später mitteilte, gingen am frühen Abend mehrere Beschwerden über Ruhestörungen ein. Nach Angaben einiger Passanten seien sämtliche Mülltonnen entlang einer Strecke von einem Kilometer umgeworfen worden. Gegen 20 Uhr war das kleine Nashorn in der Ostendstraße in den Obst- und Gemüseladen gegenüber vom Café Kunze gelaufen. Vermutlich war ihr in der Winternacht zu kalt geworden. Unserem Reporter berichtete der Obsthändler später, er habe die Ladentür noch offen gelassen, um eine frische Obstlieferung anzunehmen. Da er im Gespräch mit dem Lieferanten im Nebenzimmer abgelenkt war, konnte das Nashornbaby unbemerkt in den Ladenraum gelangen. Vermutlich wollte sich Lola über die Kiste voller Ananas hermachen und stieß dabei an eine brennende Kerze, die dann das Feuer auslöste. Der Besitzer des Café Kunze berichtete uns später, dass er gerade dabei war, seine Post zu lesen. Zufällig fiel sein Blick auf den Obstladen und er bemerkte weiße Rauchwolken, die aus dem Ladenraum drangen. Er verständigte die Feuerwehr, die innerhalb von drei Minuten eintraf und den Brand löschte.

Es konnte festgestellt werden, dass ein kleines Nashorn verängstigt in der hintersten Ecke des Ladens saß. Anschließend wurde der Tiergarten informiert und es kamen zwei Helfer, die das Nashorn zurück in sein Gehege brachten.
Wie durch ein Wunder wurden keine Personen und Tiere verletzt. Der Brand verursachte einen Schaden in Höhe von 3000 Euro.

Lena-Sophie Fettweis

Illustration: Florian Treml

Die Fahrt ins Glück oder Wunder gibt es immer wieder

Es war ein trüber Freitagnachmittag und es regnete so sehr, dass selbst der Kater Garfield von Herrn Alexander Fuchs nicht auf die Straße wollte. Am liebsten wäre Herr Fuchs, wir wollen ihn künftig nur Herrn Alex nennen, zu Hause geblieben. Doch hatte er sich schon letzte Woche mit seinem Schwarm und vielleicht auch zukünftigen Freundin Luisa im Café Einstein verabredet. Im Moment saß er allerdings noch gemütlich auf seinem Sofa und aß eine frische geschnittene Ananas aus Brasilien.

Pünktlich um 14 Uhr machte Herr Alex sich ausgehfertig. Seine neue Hose, ein frisch gebügeltes Hemd, den Schal lässig um den Hals geworfen.... „Ja, so sehe ich toll aus", sagte er leise zu sich: „Noch schnell meinen Geldbeutel und meine Autoschlüssel und dann kann es losgehen."

Was man vielleicht erwähnen sollte, Herr Alex war ein leidenschaftlicher Autofahrer und sein ganzer Stolz war sein Fiat Spider Jahrgang 1972.

Ein Oldtimer, ein Traum von Auto in metallic blau mit weißen Ledersitzen mit nur einem Fehler - er blieb manchmal stehen. Dies, so hoffte er allerdings, würde heute nicht passieren. Schwungvoll stieg er in sein Auto und fuhr, Entschuldigung - er wollte in die 20 Kilometer entfernte Stadt zu seinem Rendevouz fahren. Doch schon am Ortsausgang blieb die verdammte Karre - nein, der wundervolle Oldtimer - stehen. Nicht mehr ganz so schwungvoll stieg er aus und machte die Motorhaube auf. Nun, Herr Alex hat viele Talente - Autos und Technik gehören allerdings nicht dazu.

Er wollte mit seinem Handy eine Werkstatt und natürlich Luisa anrufen, dies hatte er allerdings vor lauter Aufregung wegen seiner bevorstehenden Verabredung zu Hause liegen

lassen. So blieb ihm nichts anderes übrig, als bis zum nächsten Haus in der Ortschaft zu laufen, um zu fragen, ob er telefonieren könnte. Schnell fand er ein Haus, eine nette junge Dame öffnete. Kurz erzählte er von seinem Problem mit dem Auto, der Verabredung mit Luisa und dass er kein Handy dabei hätte.
Die junge, wunderschöne Frau, ihr Name war Anabelle, ließ ihn eintreten und führte ihn zum Telefon. Sofort rief er den ADAC an. Diese versprachen so schnell wie möglich mit einem Abschleppwagen vorbei zu kommen. Das mit Luisa erwies sich als komplizierter. Dass eine junge Dame solche unflätigen Worte in den Mund nehmen konnte….
Von unverzeihlich bis sitzen lassen alleine im Café und überhaupt, sie hatte jetzt schon die Nase von ihm gestrichen voll. Traurig legte Herr Alex auf. „Mist“, dachte er, „kein guter Wochenendstart.“ Aber da kam sie aus dem Wohnzimmer - Anabelle - ein Traum von einer Frau. Sie merkte gleich, dass etwas nicht mit ihm stimmte.
„Was ist passiert?“, fragte sie mit ihrer schönen Stimme. Herrn Alex wurde es leicht schwummerig und flau um die Magengegend und sein Herz fing an, wie wild (etwas übertrieben) zu klopfen. „Kann ich Ihnen vielleicht weiterhelfen?“ Und so fuhr sie ihn zu seinem Fiat Spider, Baujahr 1972. Der Abschleppdienst kam schnell, sie nahmen das Auto mit und Anabelle nahm Herrn Alex mit. Und er blieb bei ihr.
Sie machten sich ein gemütliches Wochenende bei Kerzenschein und romantischer Musik. Eine Benachrichtigung über seine bevorstehende Hochzeit mit Anabelle schickte er Luisa ein halbes Jahr später mit der Post. Zur Trauung fuhren sie mit seinem wunderschön geschmückten Fiat Spider - und oh Wunder - er blieb nicht stehen.

Moritz Fuchs

Ein Ananasessen für die Freundschaft

Vor ein paar Monaten beschlossen meine Freundin und ich, da wir schon lange nichts zusammen unternommen hatten, dass wir uns in unserem Lieblingscafé treffen. Ich freute mich schon den ganzen Vormittag darauf. Sie hatte bestimmt viel zu erzählen und auch Fragen, dachte ich mir. Und endlich war es soweit, ich trat vor die Haustür und ging los. Ich wusste noch von früher, dass sie eine Schwäche für schöne Kerzen hatte, deshalb hatte ich ihr eine schöne kleine Kerze mit einem Glas voller Muster gekauft.

Da saß sie! Im Café wartete sie schon auf mich, ich ging hinein und wir umarmten uns und freuten uns beide sehr, dass wir uns endlich wieder sahen. Und wie ich ja schon vermutet hatte, hatte sie mir mächtig viel zu erzählen und mir war es ein Vergnügen ihr zuzuhören. Wir quatschten noch sehr lange und waren uns einig, dass wir dies mit Sicherheit wiederholen müssen. Als wir uns zum Ende hin noch verabschiedeten, war es traurig, dass es schon vorbei war, aber auch toll, da wir wussten, wir sehen uns auf jeden Fall wieder.

Ein paar Wochen später hatten wir uns schon viele Briefe geschrieben und auch ein-, zweimal telefoniert. An einem Samstagmorgen klingelte es plötzlich an der Tür und ich wunderte mich, wer das wohl sein könnte. Ich öffnete die Tür und dort stand ein Postbote und sagte, er hätte ein Paket. Ich dachte mir, es wäre für meine Mutter, doch dann sagte er, es wäre für Viktoria Gomer und das bin eindeutig ich! Ich war sehr gespannt, was das wohl sein könnte und öffnete es sofort. In dem Paket lag eine Ananas! ... Und neben ihr lag eine Karte mit Fotos von meinen alten Freunden und sie schrieben mir, dass wir uns unbedingt alle zusammen treffen müssten.

Meine Freunde waren wirklich verrückt, im guten Sinne. Ich freute mich riesig und es kam mir vor wie ein kleines Wunder.

Ich lud meine Freunde zu mir ein und wir aßen zusammen ...: die Ananas!

Viktoria Gomer, Mitglied von Mimikry Junior

Illustration: David Rüger

Der Aprilschock

Es war Mittwoch, ein Mittwoch in den Osterferien, um zwölf Uhr. Der elfjährige Tobi lag in seinem Bett und schlief. Auf einmal tanzte im Traum ein Kobold mit einer Hawaii-Badehose und einem Ananas-Hut auf seiner Nase herum und er wachte von einem Kitzeln auf. Wo kommen bloß solche Träume her? - Das mit dem Ananas-Hut war ja nicht weiter verwunderlich, da er Ananas von früh bis spät futtern konnte, aber der Kobold und diese Hawaii-Badehose?

„Na ja egal", dachte er sich die Augen reibend. Erst jetzt merkte er, dass es eine Mücke oder Fliege (so genau wusste er das nicht) war, die da so schwungvoll auf seiner Nase rumtanzte - und kein Kobold mit Hawaii-Badehose und Ananas-Hut! Angeekelt schlug er nach der Mücke (oder doch eine Fliege?) und schnipste sie aus dem Bett.

Dann stand er auf und torkelte schlaftrunken ins Bad. Dort machte er Katzenwäsche und ging runter in die Küche, wo seine Mutter bei ihrer Zeitung und einem Kaffee saß, und mit dem Frühstück auf ihn wartete. „Guten Morgen Schlafmütze, oder sollte ich lieber sagen: Schönen Mittag?", fragte Tobis Mutter.

„Man wird in den Ferien doch wohl mal ausschlafen können", entgegnete Tobi. „Ja ja, schon gut", antwortete die Mutter, „jetzt gibt's erst mal Frühstück."

Es gab Spiegeleier mit Speck, Tobis Lieblingsfrühstück.

Die Mutter stellte das Essen auf den Tisch. Schmatzend mampfte er seine Portion Eier. Als er fertig war, stellte er den Teller in die Spülmaschine und ging sich anziehen und die Zähne putzen. Danach rief er seinen Freund Lukas an, um sich mit ihm zum Fußball zu verabreden. Er war einverstanden, dass Tobi ihn um 14.00 Uhr abholen sollte. Sofort machte er sich auf den Weg. Es war zwar erst 13.30 Uhr und er hatte

noch Zeit, doch unterwegs würde er sowieso wieder von X-Tausend Dingen aufgehalten werden. „Tschüss Mama!“, rief er noch, als er zur Tür ging und verschwand.
Tobi war zehn Minuten früher da und die Jungs schnappten sich einen Ball und zogen los.
Am Fußballplatz forderten zwei größere Jungen sie zu einem Match heraus. Und: Oh Wunder, obwohl sie viel kleiner waren, gewannen die beiden Freunde! Als sie mit dem Spiel aufhörten, war es schon nach 19.00 Uhr. Weil es schon sehr dunkel war, ging Tobi ohne Umwege nach Hause. Er bog in die Straße zu seinem Haus ein und sah, dass kein Licht darin brannte, und schloss daraus, dass seine Mutter wohl noch kurz einkaufen gegangen sein musste. Doch plötzlich sah er die Kerze durchs Küchenfenster! Es war eine dunkle Kerze, sie war schwarz wie die Nacht, stand auf dem Küchentisch und brannte. Sonst war nichts zu sehen. Tobi schauderte es. Beim Öffnen der Haustür wagte er kaum zu atmen. Mit weichen Knien ging er in die Küche zu dem Tisch. Jetzt sah er, dass neben der Kerze ein mit kursiver Computerschrift beschriebener Zettel lag. Auf dem stand:

Heute ist deine Mutter von uns entführt worden.
Sie hatte schon länger Schwierigkeiten mit uns und jetzt wollen wir uns rächen.
Wir haben sie als Paket verpackt und mit der Post in die italienische Hauptstadt Rom geschickt.
Wenn Du nicht auch in einem so hübschen Karton wie Deine Mutter verschickt werden willst, nimmst Du am besten die 500.- Euro, die auf dem Tisch liegen, und kommst schnurstracks und unverzüglich mit dem Flugzeug nach Rom.
DIE ENTFÜHRER
P.S. Nimm Gepäck mit!

Tobi schwanden fast die Sinne. So schnell wie er konnte, packte er seine Siebensachen und fuhr mit dem Bus zum Flughafen. Als er im Terminal angekommen war, erkundigte er sich sofort nach dem nächsten Flug. Er hatte Glück: Die Maschine ging eine halbe Stunde später. Der Junge rannte zum Kartenschalter, kaufte ein Ticket, gab seinen Koffer ab und hastete weiter in die Abflughalle. Dort tönte es aus dem Lautsprecher: „Nächster Flug nach Rom in fünf Minuten. Bitte begeben Sie sich unverzüglich zum Einsteigen an die Maschine!"

Während der Flieger abhob, wurde es Tobi ganz flau im Magen (wie jedes Mal, wenn er mit einem Flugzeug flog) und er lenkte sich mit Lesen ab. Doch er war so müde, dass er darüber einschlief und erst hoch schreckte, als die anderen Passagiere laut über die geglückte Landung klatschten.

Im Bus, der die Reisenden zum Gepäckband befördern sollte, war es heiß und stickig. Ein Glück, dass die Fahrt nicht länger als zwei Minuten dauerte. Tobi war als erster am Gepäckband. Er stand schon eine Weile da und wartete auf seinen Koffer, als ihm jemand auf die Schulter klopfte. Er zuckte zusammen. Langsam, ganz langsam, drehte er sich um und traute seinen Augen kaum: „April, April!", rief seine Mutter.

Und da fiel es ihm wie Schuppen von den Augen: Heute war ja 1. April und seine Mutter hatte ihn hereingelegt!

Mit leichtem Stolz schilderte ihm seine Mutter, wie sie sich das ausgedacht hatte! Er war völlig verblüfft, wie sich seine Mutter so einen originellen Scherz einfallen hat lassen.

Und natürlich freute sich Tobi riesig darüber, dass er eine ganze Woche mit seiner Mutter in Rom verbringen durfte. Aber jetzt waren alle beide erst einmal müde und gingen sofort in das gebuchte Hotel und fielen erschöpft ins Bett.

Anton Gost

Das Zaubereinhorn

Draußen war es kalt und windig. Es war so, als ob ein Einhorn, der Herrscher des Wetters, sein Horn in einen Baum gerammt hätte und es nicht mehr herausbekäme. Deswegen wäre es wütend und ließe es regnen und grau werden. Aber es hatte nicht damit gerechnet, dass ich schon im Café saß und auf meine Mutter wartete!

Wenn ich warten musste, wurden oft gleich zwanzig Minuten daraus. Und ausgerechnet heute war das wieder so. Heute, als ich Mama meine neue Freundin vorstellen wollte. Der Kellner fragte uns schon zum dritten Mal, was wir trinken wollten, doch in diesem Café musste man das Bestellte sofort bezahlen. Leider hatten wir kein Geld dabei, sondern nur meine Mutter. „Ich werfe euch gleich aus meinem Café, wenn deine Mutter nicht gleich kommt!“, schrie der Kellner uns an. Ich war so zornig, dass ich auf ihn zuging und fauchte: „Jetzt hören Sie mal gut zu…!“ In diesem Augenblick ging die Tür auf, und Mama kam herein.

Zum einen war ich erleichtert, dass meine Mutter endlich da war, aber zum anderen wusste ich nicht, wie ich meinen Satz ergänzen sollte. „Ähm… es tut mir wirklich leid, dass meine Mutter so lange nicht kam, aber gerade kommt sie zur Tür herein!“, meinte ich verlegen. Der Kellner blickte auf und starrte meine Mutter an. Sofort merkte ich, dass er sich in sie verliebte und er sagte: „Ach, vergessen wir die Sache!“ Gut, dass meine Mutter wie ein Engel aussah. Aber ich konnte diesen unfreundlichen Kellner nicht leiden.

Meine Mutter hatte keinen Mann mehr. Er war an Krebs gestorben. Sie war so entsetzt gewesen, dass sie nichts mehr essen wollte. Es war ziemlich schwer, sie dazu zu überreden. Da mein Vater schon vor 2 Jahren gestorben war, hatte sich Mama wieder etwas erholt. Aber diesen Kellner wollte ich

trotzdem nicht als Stiefvater haben. Als er uns bediente, bestellte ich einen Fruchtsalat mit besonders viel Ananas. Er stellte uns sogar eine Kerze mit blauen Streifen auf den Tisch. Das tat er bei den anderen Gästen nicht.
Als wir wieder daheim waren, lag Post für mich auf dem Tisch. „Wer schreibt mir denn?“, fragte ich mich selbst. Auf dem Absender stand eine Schrift, die ich nicht lesen konnte. Aber nicht etwa aus Unordentlichkeit. Nein, sie bestand aus merkwürdigen Zeichen.
Ich überlegte, wen ich aus China kannte, aber mir fiel niemand ein. Vorsichtig riss ich den Briefumschlag auf. Mir fiel auf, dass auf ihm keine Briefmarke klebte. Der Brief an sich war mit normaler Schrift bedruckt. Nur die erste Zeile bestand aus unbekannten Zeichen:

Komme in den Wald vor deiner Haustür! Halt dieses Blatt an den Baum mit den 3 Baumkronen! Die Hecke vor dir wird sich öffnen. Tritt ein! Suche das Einhorn! Rette es!

„Was für einen Wald denn?“ Ich war ratlos und verwundert. Neugierig öffnete ich die Haustüre und vor mir stand ein wunderschöner Zauberwald. Ich ging erstaunt in den Wald hinein und fand auch gleich den Baum mit den 3 Baumkronen.
Ich hielt das Blatt vor den Baum, und vor mir öffnete sich eine Hecke. Ich trat ein und sah viele freundliche Fabelwesen. Sie erklärten mir, dass man bei ihnen in diesen Zeichen schreibt. Aber leider konnte mir keines davon sagen, wo ich das Einhorn finden konnte. Doch sie halfen mir, es zu suchen.
Endlich entdeckte ein Phönix das Einhorn in einem Sumpf. Es versuchte, sich aus dem Sumpf zu kämpfen, doch es schaffte

es nicht. Ein fliegender Fuchs sah eine Liane und machte die anderen darauf aufmerksam. Ein Kanarienvogel flog mit der Liane im Schnabel über den Sumpf und band sie um den Körper des Einhorns. Dann gab er den anderen ein Zeichen. Das Einhorn versuchte, so weit wie möglich nach vorn zu traben und die anderen zogen so kräftig es ging. Als ein Elefant auch noch mitzog, schafften es alle gemeinsam, das Einhorn aus dem Sumpf zu ziehen. Glücklich und erschöpft bedankte es sich bei all seinen Freunden - vor allem bei mir, und ich hatte 3 Wünsche frei.
Als erstes wünschte ich mir, dass Mama einen neuen Mann bekommt, den ich mag. Zweitens sollte sie nicht den Kellner heiraten und drittens wollte ich mich noch ganz oft mit dem Einhorn treffen. Das klappte auch gut.
Der Kellner wollte nichts mehr von Mama wissen. Meine Mutter heiratete einen freundlichen, coolen Mann vom Postamt und ich traf mich noch oft mit dem Einhorn. Dieser Tag war ein einziges Wunder.

Tara Gutwin

Das andere Land

„Lena, komm mal“, rief Lenas Vater Jakob am Sonntagabend. Lena horchte auf, sie war gerade so in ihr Buch vertieft, dass sie nicht verstanden hatte, was Jakob da rief.
Er wird gesagt haben, ich soll kommen, sonst hätte er nicht gerufen, weil Tobi schläft, dachte Lena. Tobi war ihr Bruder. Sie lief die Treppe hinunter und schlich ins Wohnzimmer. Ihre Mutter Sina und Jakob saßen schon auf dem Sofa. „Möchtest du Apfelsaft oder Kakao?“ fragte Jakob. „Kakao bitte“, antwortete Lena. „Soll ich Plätzchen holen?“ fragte Sina; Lena nickte. Misstrauisch schaute Lena den beiden hinterher. Es ist nämlich sehr selten, dass sie abends am Kamin Plätzchen essen und Kakao trinken durfte.
„Also, es ist so“, fing Jakob an. „Fang bitte von vorne an und vergesse nichts“, fiel ihm Sina ins Wort.
„Also, unser Haus ist ja klein, viel zu klein. Sina und ich wollen schon lange ein neues Haus. Mit Garten und auf dem Land. Kennst du die Großfamilie, deren Vater bei mir in der Arbeit hilft?“ „Natürlich, du hast mir schon oft von der Familie erzählt. Das weißt du doch“, wunderte sich Lena. „Also, der Vater hat erzählt, dass er sein Haus verkaufen will. Denk ich mir: Da fahre ich mal schnell hin. Ich bin hingefahren und es hat mir sehr gefallen. Ich habe Sina alles erzählt und als du in der Schule warst, da ist sie auch hingefahren...“ „Und dieses Haus“, fiel ihm Sina ins Wort, „gefällt mir supergut...“
„Und jetzt wollt ihr mich fragen, ob es für mich okay ist, wenn ihr das doofe Haus kauft. Also ich bin überhaupt nicht einverstanden. Dann komme ich ja in eine andere Schule als Tara. Sie ist meine beste Freundin. Und wir müssen in EINER Schule sein und nicht in zwei. Außerdem wird Tara auch nicht einverstanden sein“, entschied Lena heftig.

„Halt dich fest“, warnte Jakob. „Wir HABEN aber das Haus schon gekauft“, überbrachte Sina die Schreckensnachricht. „Das ist nicht wahr, oder?“, fragte Lena betäubt.

Tja, und dann rief sie mich an. Ich nahm den Hörer ab und fragte: „Hallo?“ „Hallo Tara, ich wollte...“
„Aha, hallo Lena, ich wollte dich auch gerade anrufen, weil mein Vater ein dummes Haus gekauft hat.“ Lena sagte so ungefähr dasselbe und noch mehr. Dann mussten wir beide lachen. Lena seufzte: „Also, was wolltest du sagen?“ „Mein Vater hat ein angeblich schönes großes Haus mit Garten gekauft und er sagt, dass es mir da auf dem Land bestimmt gefallen wird. Das glaube ich ihm aber nicht, denn dann kommen wir ja nicht zusammen in eine Schule“, erklärte ich.
„Warte mal, hast du eben gesagt, dass du in ein großes Haus mit Garten auf dem Land einziehen wirst?“ „Ja, warum?“ „Weil ich das auch tue. Wir kaufen das Haus von Papas Arbeitskollegen. Und ihr?“ „Ich oder wir kaufen ein Haus von Jakobs Arbeitskollegen namens Sta ... Stat ... Statrun oder so ähnlich“, erklärte ich. „Warte mal ... aber wir kaufen doch schon das Haus von Herrn Statrun. Das gibt’s doch nicht!“, wunderte sich Lena.
„Unser Haus hat keine Nachbarschaft, Haus Nummer 1 und liegt nahe bei dem Dorf Witrin“, beschrieb Lena. „Unser Haus hat auch keine Nachbarschaft, ist Haus Nummer 1 nahe bei den Dorf Witrin“, meinte ich verblüfft. „Kann es sein, dass wir zufällig in dasselbe Haus einziehen?“, fragte Lena. „Ich frage mal.“ Ich ging zu meinem Vater und fragte ihn: „Wohnen wir zusammen mit Lenas Familie in dem neuen Haus?“
Er schmunzelte. „Richtig erkannt!“

Kurz darauf zogen wir um. Es war ein sehr schönes Haus. Es gab einen verwilderten Garten und dann gab es noch etwas,

was Lena und mich am meisten interessierte: einen alten Stall mit einer großen Steinplatte darin.
Eine Woche nach dem Umzug stemmten wir diese Steinplatte mit einem Brecheisen hoch. Wir hatten uns für den ganzen Tag abgemeldet und Proviant dabei. Unter der Steinplatte war eine Eisenplatte. Die konnten wir ganz leicht zur Seite klappen. Darunter waren Stufen in den Stein gelassen, die in die Dunkelheit führten. Ich schaute Lena fragend an. „Holst du schnell deine Taschenlampe. Wir gehen da runter“, beschloss Lena bestimmt.
Wir stiegen im Lampenlicht die Stufen hinunter und schlossen über uns die Eisenplatte. Kurz darauf entdeckten wir an der Wand viele Fackeln, die in Halterungen steckten. Ich zog aus meinem Rucksack, wo auch der Proviant verstaut war, eine Packung Streichhölzer. Zwei Fackeln zündete ich an. Dann stiegen wir weiter die Stufen hinunter.
„Oje, unsere Fackeln gehen bald aus und ich möchte nicht zu viel Batterie verschwenden. Ich will hier nicht im Dunkeln stehen!“, bemerkte Lena ängstlich. „Schau mal: Da vorne ist Licht! Ich glaube, der Gang ist zu Ende“, antwortete ich.
Wir gingen weiter die Stufen hinunter. Plötzlich standen wir auf einer kleinen Lichtung im Wald. „Wir stehen ja auf Schnee!“, stellte Lena fest.
„Du hast Recht. Wir stehen nicht im Schnee, sondern auf dem Schnee.“ Das war wirklich sehr seltsam. Ich bohrte meine Hand in den Schnee und zog sie wieder hinaus. „Schauen wir doch mal, ob der Schnee schnell schmilzt.“ Ich hielt meine Fackel nahe an den Schnee. Wir warteten und warteten, aber der Schnee wollte nicht schmelzen. „Guck mal, da kommen zwei Mädchen, die können wir fragen“, sagte Lena. Die zwei Mädchen hatten jede einen Eimer und eine Schaufel dabei. Sie schaufelten den Schnee in die Eimer. „Warum schmilzt der Schnee nicht?“, fragte Lena. „Warum wachsen Häuser nicht

an Marzipan?“ fragte das ältere Mädchen. Lena schaute mich an. „Ich weiß es auch nicht“, sagte ich. „Was ist denn los? Könnte es sein, dass …“, sie tuschelte mit dem anderen Mädchen. Das nickte und sagte: „Willkommen im Süßigkeitenland. Der Schnee ist Puderzucker. Ich heiße Tisa und das ist meine Schwester Tosa.“ „Ich heiße Lena“, stellte Lena sich vor. „Und ich Tara.“ „Probiert doch mal den Puderzucker“, schlug Tosa vor. Wir probierten und stellten fest, dass es sehr gut schmeckte. Ich fragte: „Warum können wir auf dem Puderzucker stehen?“ „Nun, das ist halt bei uns so. Kommt mal mit, ich zeige euch etwas.“ Wir folgten Tisa und Tosa. Sie führten uns vor eine Höhle. „Hier lagern wir den Zucker, den wir in unsere Eimer schaufeln“, erklärte Tisa. „Wo ist denn die Stadt, in der ihr lebt?“ fragte ich. „Die können wir euch gerne zeigen, sie ist nicht weit weg“, schlug Tisa vor. Wir folgten den beiden Mädchen.
Plötzlich standen wir vor einem Tor. „Lauft so nahe an das Tor heran wie es geht, aber berührt es nicht“, wies uns Tosa zurecht. „Jetzt denkt an etwas Schönes, schließt die Augen, ich zähle bis drei und dann tretet ihr einen Schritt vor. Dann zählt bis 57 und macht die Augen wieder auf. Eins, zwei, drei.“ Als wir die Augen aufmachten, konnten wir nicht glauben, was wir sahen. Überall standen Häuser aus Lebkuchen mit Zäunen aus frisch gebratenen Bratwürsten. Tisa stieß einen schrillen Pfiff aus. Der Himmel verdunkelte sich und gleich darauf flog ein großer Rochen auf den Boden. „Das ist einer unserer Flugrochen. Mit ihnen können wir schneller zum König und unseren Arbeitsstellen“, erklärte Tisa. „Wo arbeitet ihr denn?“ wollte Lena wissen. „Wir bringen Puderzucker, Marzipan und Schokolade in die Häuser, wo sie verarbeitet werden. So und jetzt steigt auf“, antwortete Tosa. Wir flogen über ein kleines Dorf. „Achtung, wir landen“, warnte Tisa.

Illustration: Anna Novgorodski

Wir landeten vor einer Gruppe kleiner Feen, jede von ihnen war ungefähr einen halben Meter groß. An ihren Gesichtern sah man allerdings, dass sie erwachsen waren. „Tut uns leid, aber wir müssen euch bei den Eisfeen lassen. Keine Angst, sie sind nett“, beruhigte Tosa.

Wir stiegen von dem Flugrochen und verabschiedeten uns. Tosa und Tisa flogen weiter. Lange sahen wir dem gigantischen, blau-grauen Flugrochen nach. Dann kam eine besonders kleine Eisfee zu uns. „Hallo, wir sind die Eisfeen. Wir sind für das Eis zuständig. Ich heiße Scherzitida. Ich heiße so, weil ich eine besonders große Gruppe von Eisfeen leite. Ich stelle euch mal meine besten Freunde vor.“ Wir folgten ihr zu der Gruppe Eisfeen, die uns die ganze Zeit neugierig beobachtet hatte. „Das ist Schokalida, das ist Erdbeeria, das ist Vanillia, das Nussia und das hier ist Pistazia“, stellte sie eine nach der anderen vor. „Ich schlage vor, dass ich euch ein bisschen herum führe und dann wieder zum Tor hinaus bringe.“ Wir gingen zu einem Rochen, der gemütlich in der Sonne lag und flogen los. Nachdem wir viel über das Süßigkeitenland erfahren hatten, flogen wir zurück zum Tor. „Schließt die Augen, denkt an etwas Schlimmes, macht bei drei einen Schritt nach vorne, zählt dann bis zehn und öffnet danach die Augen. Hier habt ihr zwei neue Fackeln. Eins, zwei, drei.“ Als wir die Augen öffneten, standen wir wieder im Wald. Wir gingen zu der Lichtung, zündeten die Fackeln an und stiegen die Stufen herauf. Als wir zu den Halterungen kamen, bliesen wir die Fackeln aus und steckten sie hinein. Wir tasteten uns weiter im Dunkeln nach oben.
„Aua, ich habe mir den Kopf angehauen. Hier muss die Eisenplatte sein.“ Ich drückte dagegen und …wirklich sie kippte nach oben. Wir kletterten heraus, schlossen sorgfältig die Eisenplatte und schoben die Steinplatte wieder darüber.

Eine Woche später hatte ich einen Traum, in dem mir gesagt wurde, dass ich in das nächstliegende Café gehen solle. Ich erzählte den Traum Lena und sie sagte, dass sie denselben Traum gehabt habe. Also gingen wir in das Café Kreutzer, das am Weg in die Stadt lag. Es war schon 18.30 Uhr und draußen war es sehr dunkel. Auf unserem Tisch im Café stand eine schöne große Kerze, die brannte. Wir bestellten uns eine Limo. Plötzlich stieg im Licht der Kerze eine kleine Gestalt auf. Wir erkannten Scherzitida sofort. Sie zog ein kleines Paket aus ihrem Umhang und gab es mir. Ich machte es auf und sah ein Blatt mit einem Flugrochen. „Dieser Rochen ist magisch. Wünscht euch daheim, er wäre echt. Man kann ihn leicht befehligen." Mit diesen Worten verschwand sie.

Daheim wurden wir mit einem „Post für euch!" begrüßt. Wir packten es aus und sahen eine Ananas aus Marzipan. „Das ist bestimmt aus dem Süßigkeitenland", sagte Lena. Später wünschten wir uns, dass der Rochen lebendig ist. Und wirklich, der Rochen wurde lebendig. Er war so groß wie ein Schrank. Und eines sag ich, der Rochen war sehr lieb und ließ sich wirklich leicht befehligen. Das hat mir sehr gefallen.

Chiara Hartung, Mitglied von Mimikry Junior

Wer ist Horst?

Es donnerte und blitzte. Esuri wollte doch nur einen kleinen Waldspaziergang machen. Doch nun hatte sie sich verlaufen. Schon zweieinhalb Stunden irrte sie hilflos durch den Wald. Auf der Suche nach Unterschlupf schaute sie sich um. Da erblickte sie ein Licht. „Ja! Das scheint die Stadt zu sein!“, freute sich Esuri. Sie rannte mit einem Lächeln im Gesicht in Richtung Licht. Als sie den Wald verlassen hatte, erkannte sie enttäuscht, dass es nicht ihre Heimatstadt war. Trotzdem erkannte sie, wo sie sich befand: in Strakonizie. Die Stadt der Gruselgeschichten und Märchen. Esuri orientierte sich am blassen Licht der Straßenlaternen. „Da vorne steht ein Haus! Scheint ein Café zu sein. Zu dieser späten Stunde ist da sicher keiner mehr. Wahrscheinlich hat es schon zu.“ Esuri entschloss sich, wenn möglich, dort die Nacht zu verbringen und sich morgen auf die Suche ihres Elternhauses zu machen. Sie bemerkte das seltsamerweise offene, aber leider kleine Fenster. Mühsam quetschte sie sich durch. Sie wurde von Müdigkeit überfallen und legte sich auf den Teppich. Esuri war gerade beim Einschlafen, da ertönte eine raue Stimme: „Du! Wach auf! Ich hab Hunger!“ Esuri stotterte ängstlich: „Wewewerwer ishihist da?“ Da antwortete die Stimme: „Ich bin’s, Horst. Hehe. Du siehst mich nicht, du hast kein Licht. Bald hast du eins, geschenkt von mir. Es war mal meins. Jetzt schenk ich’s dir.“ Ein Wunder geschah. Dreizehn Kerzen leuchteten auf und verschwanden. Doch das Licht blieb. Jede Tischdecke leuchtete. Esuri lag geschockt da. Sie wusste nicht, wie das passiert war. Und was sie auch nicht kapierte, wer war Horst? Nirgendwo war ein Mensch zu sehen - geschweige denn ein Tier. Die Stimme unterbrach die Stille: „Hey! Nicht wieder einschlafen! Ich hab Huuuuuunger! Auf Ananas! Ich bin ein magischer Horst und kann zaubern. Also du hast einen

Wunsch frei, wenn du mir eine Ananas gibst!“ Esuri entdeckte ein Buffet. Darauf lagen verschiedene Früchte. Von Kiwi, Äpfeln, Banane bis hin zu Orangen, Ananas und Wassermelonen. Vorsichtig beugte sie sich über den Tisch und griff nach einer Ananas. „Horst? Ich habe hier eine Ananas, aber wo bist du?“

Illustration: Maria Notkina

Plötzlich krabbelte ein Gorilla unter dem Tisch hervor und riss Esuri die Ananas aus der Hand. „Hey! Die ist für Horst!“, brüllte Esuri dem Affen noch hinterher. Der Gorilla grinste und zeigte auf sich. Er sagte: „Tja, das bin ich. Hehe. Also was wünscht du dir?“ Esuri strahlte und antwortete: „Ich will nach Hause in mein Bett!!!“

Esuri war wieder zu Hause. „Esuri! Aufstehen! Es ist 10:00 Uhr! Du Langschläferin. Naja, es ist ja Wochenende. Oh! Post ist für dich gekommen!“, brüllte ihre Mutter. „Das vorher war bestimmt nur ein Traum…“, überlegte Esuri. Sie stand auf und lief in die Küche. Dort angekommen drückte Esuri´s Mama ihr einen Brief in die Hand. Esuri machte ihn gleich auf und las gespannt den Text:

Liebe Esuri!
Ich wurde leider im Café entdeckt und rausgeworfen. Aber es gibt tolle Nachrichten. Ich wurde im NÜRNBERGER TIERGARTEN aufgenommen. Dort habe ich sehr viele Fans. Ich werde verehrt, weil ich sprechen und schreiben kann. Kannst mich ja mal besuchen kommen.
Liebe Grüße
Horst

„Mama? Können wir später in den Tiergarten gehen? Die haben einen neuen Gorilla“, erzählte Esuri ihrer Mutter. Diese antwortete: „Okay, mach dich fertig, wir fahren gleich hin! Du weißt ja: Gorillas sind meine Lieblingstiere! Also los! Ab zum neuen Äffchen!“

Nina Heizmann

Die Überraschung

Endlich war es soweit: Ich habe Geburtstag! Entschuldigung, ich muss mich erst mal vorstellen, ich heiße Korinna und bin 11 Jahre alt. Ich besuche an der Farrnbachschule die Klasse 4 B, das ist die beste Klasse der Welt. Ich wohne in Fürth und habe am 13.06. Geburtstag. Heute ist es wieder soweit. Endlich, schon seit einem Monat warte ich auf diesen Tag. Heute Nachmittag werden alle meine Freunde kommen, um mit mir zu feiern. Ich ging zum Frühstücken runter. Da empfingen mich meine Eltern und sangen „Happy birthday to you!“ Ich war noch nicht ganz wach, deswegen erschrak ich ein wenig und zuckte zurück, aber gleich lächelte ich wieder. Mama sagte: „Guten Morgen, mein Schatz! Hast du gut geschlafen?“ Ich antwortete: „Ja, ich bin topfit!“ Wir setzten uns an den gedeckten Frühstückstisch und aßen.

Nach dem Frühstücken wollte ich natürlich sofort meine Geschenke auspacken, aber meine Eltern schauten nur geheimnisvoll. Sie sagten, dass die Geschenke gestohlen worden wären, aber dass der Täter einen Zettel da gelassen hatte. Ich stand auf und wollte ihn gleich sehen und als ich den Zettel entgegen nahm, zitterten meine Hände vor Aufregung. Auf dem Zettel stand: „DU WIRST BALD POST BEKOMMEN!!!!“ Da klingelte es auch schon an der Tür. Es war der Postbote Carl, den ich gut kannte. Er rief: „Post für Korinna!“

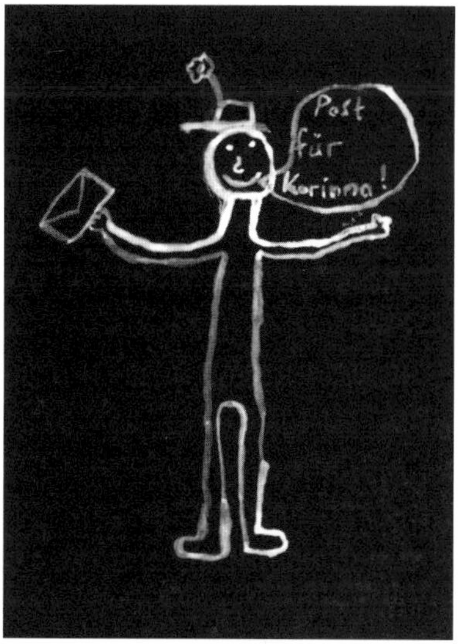

Illustration: Franziska Weiß

Ich war gespannt, weil ich nicht so oft Post bekam. Ich öffnete den Brief und las laut vor: „Gehe auf den Wochenmarkt und halte Ausschau nach dem Stand mit den Ananas!!! Dort bekommst du den nächsten Hinweis!!!“ Ich zog mich schnell an und lief mit meinen Eltern auf den Wochenmarkt. Nach kurzem Suchen fanden wir den Stand mit den Ananas. Meine Eltern kauften eine und ich sah mich suchend um. Ich sah nichts Auffallendes. Der Mann, dem der Stand gehörte, fragte mich, ob ich Korinna wäre, ich sagte: „Ja!!!“ Es war ein Wunder, dass der Mann mich erkannt hatte. Er gab mir einen Brief. Darin stand: „DU BIST AUF DER RICHTIGEN SPUR!!! Gehe 100 Schritte nach rechts, dann 2 nach links und 50 Schritte nach vorne.“ Ich befolgte die Anweisungen. Da kam ich bei einer Sandkiste raus. Als ich wieder nichts feststellen konnte, sah ich meine Eltern verwundert an. Sie zuckten nur mit den Schultern. Plötzlich entdeckte ich eine kleine Schaufel und daneben war ein Kreuz. Ich lief zu der Schaufel und grub, wo das Kreuz war. Schon nach kurzer Zeit stieß ich auf etwas Hartes. Ich buddelte es aus. Es war eine Holzkiste, ich öffnete sie und darin lag wieder ein Brief, darauf stand: „DU HAST BALD DAS ZIEL ERREICHT!!! Gehe 10 Schritte nach vorne und 100 Schritte nach rechts!!!“ Ich befolgte wieder die Anweisungen und kam in einem Café raus. Dort war es sehr voll.

Plötzlich merkte ich, dass jeder ein Geschenk in der Hand hatte und ich kannte auch alle. Es waren alle gekommen: Opa Hans, Oma Gerda, meine Freunde… Ich hörte auch ein schönes Lied und auf dem Tresen stand eine riesige Torte mit genau 11 Kerzen. Ich freute mich riesig und umarmte alle, so glücklich war ich. Wir feierten noch weiter und als ich ins Bett musste, flüsterte ich: „Das war die schönste und beste Geburtstagsfeier in meinem Leben!“

Maike Herbst

Die Hoffnung stirbt zuletzt oder Pohe

Mein Name ist Jonas Schwarz. Ich bin 8 Jahre alt und ich wohne mit meiner Familie in Berlin-Neukölln in einer kleinen Wohnung über unserem Café. Meine Familie - das sind Mama, Papa und meine kleine Schwester Jolie. Sie ist 5. Meine Eltern haben ihr den Namen Jolie gegeben, weil sie sagen, dass sie so hübsch ist. Ich meine aber, dass sie aussieht wie ein Frosch, vor allem dann, wenn sie kurz vorm Heulen ist.

Aber das ist eine ganz andere Geschichte.

Viel spannender ist das, was mir letztes Jahr im November passiert ist.

Eines Nachmittags saß ich mal wieder bei meinen Eltern im Café, um meine Hausaufgaben zu machen, weil es mir wie so oft allein in der Wohnung zu langweilig war. Meine Eltern waren eben beide im Keller, um zu sehen, was noch bestellt werden muss. Der letzte Gast war gerade gegangen und hatte nicht gewartet, um zu bezahlen. Er hatte das abgezählte Geld einfach auf seinen Tisch gelegt und war dann - schwupps - zur Tür hinaus.

Die kleine Glocke über der Tür bimmelte, so wie immer, wenn jemand den Laden betritt oder verlässt. In diesem Moment schaute ich auf und sah neben dem Geld auf dem Tisch ein kleines Paket liegen. Er hatte es vergessen! Ich sprang auf, schnappte das Päckchen und riss die Tür so heftig auf, dass sich das Glöckchen fast überschlug. Ich schaute hastig nach links und rechts, aber von dem Mann war nichts mehr zu sehen. Zurück im Laden schaute ich auf den Karton und traute meinen Augen nicht: „Geheime Post!!! - Nur für Jonas Schwarz!“, stand dort in krakeliger Kinderschrift.

Ich musste mich erst einmal setzen. Mein Herz pochte wie verrückt und ich wollte schon Mama und Papa aus dem Keller

rufen. Hin- und hergerissen verschlug es mir jedoch die Sprache. Auf dem Paket stand: „Geheime Post“ und „nur“ für Jonas Schwarz - also durfte niemand etwas erfahren. Ich ging durch das schmale Treppenhaus nach oben in die Wohnung, ohne die Augen auch nur einmal von der geheimnisvollen Aufschrift zu lassen. In meinem Zimmer angekommen, schloss ich die Tür hinter mir ab und legte die unheimliche Fracht auf mein Bett. Was sollte ich nun machen? Vielleicht war es eine Briefbombe! Aber wer sollte mich in die Luft jagen wollen? Vorsichtshalber legte ich mein rechtes Ohr auf die Schachtel, um sicher zu sein, dass dort nichts tickt. Das hatte ich schon mal so im Fernseher gesehen. Kein Mucks war zu hören. „Gut“, beruhigte ich mich selber, „nimm deinen ganzen Mut zusammen und schau hinein, sonst wirst du das Geheimnis nie lüften!“ Behutsam befreite ich den Karton von den Klebestreifen. Seite für Seite klappte ich langsam hoch und fand zuerst einen Zettel:
„Hallo Jonas. Schön, dass du dich getraut hast!“ Ich merkte, wie mir eine Gänsehaut über den Körper kroch, doch die Neugier war größer und ich las weiter:
„Mein Name ist Pohe, ich bin 8 Jahre alt und wohne mit meiner Familie in einer kleinen Hütte in Costa Rica. Wir sind nicht besonders reich. Um die Familie zu ernähren, müssen meine 5 Brüder und ich meinen Eltern auf den Plantagen helfen. Wir gehen nicht zur Schule, sondern ernten den ganzen Tag Ananas.“
Ich schluckte verschämt und dachte bei mir: „Was hat das mit mir zu tun und - warum schreibt er MIR das?“ Was ich dann las, konnte ich jedoch nicht glauben.
„Obwohl wir sehr bescheiden leben, reicht unser Einkommen nicht, um satt zu werden. Ich bitte dich daher: Nimm die mitgeschickte Kerze, stell sie an dein Fenster und zünde sie an. Immer, wenn du das tust, werden wir satt sein! - An dieses

Wunder glaubt unsere Familie ganz fest. Liebe Grüße aus Costa Rica, dein Pohe."
Soso, dachte ich wütend und aufgebracht. Wenn das so einfach wäre, dann müsste ganz Berlin abends immer nur eine brennende Kerze ins Fenster stellen und auf der ganzen Welt müsste keiner mehr Hunger haben. Sauer schmiss ich den Brief und die Kerze in die Zimmerecke. „Da will mich doch einer für dumm verkaufen", ärgerte ich mich. „Vielleicht erzähle ich Mama und Papa doch besser von dem Paket, wenn sie gleich nach Hause kommen." Das war bestimmt wieder einer dieser Streiche von Luca aus der Nachbarklasse. „Wenn ich die Kerze im Fenster stehen habe, wartet er mit seinen Freunden - unten vorm Haus und lacht sich schlapp, weil ich so blöd war und den Quatsch geglaubt habe", stellte ich mir zornig vor.
Laut klopfte es an meiner Zimmertür und Jolie rief kreischend: „Du sollst kommen, es gibt Abendbrot!"
Ich bekam kaum einen Bissen herunter und musste ständig an den Brief denken. Was war das überhaupt für ein doofer Name: Pohe! Der war doch bestimmt ausgedacht! Oder?
Plötzlich fiel es mir erst auf: Pohe = Hope = Hoffnung! Vielleicht ist doch etwas dran.
Ich sprang vom Stuhl und rannte in mein Zimmer. Die Kerze war hinter mein Bett gerollt. Zum Glück war sie nicht zerbrochen. Ich las den ganzen Brief noch einmal durch, zündete überzeugt die Kerze an und stellte sie auf die Fensterbank. „So Hope - die Hoffnung stirbt zuletzt!", sagte ich zu mir selber und schaute hinaus, um das Wunder jetzt und hier sehen zu können. Doch was ich dann erlebte, verschlug mir fast den Atem. In jedem Fenster in unserer Straße brannte eine Kerze - so weit ich blicken konnte.

Tobias Hibbeln

Illustration: Maria Notkina

Post für Herrn Blum

Ich war gerade fertig mit dem Abwasch, als ein Mann mit Vollbart in mein Café kam und sich ächzend auf einen Stuhl setzte. „Einen doppelten Espresso bitte!“
Ich erkannte ihn erst auf den zweiten Blick. „Was ist denn mit dir los, Michael?“
Verwundert sah ich den Postboten des Dorfes von Kopf bis Fuß an. Sein Haar war verstrubbelt und völlig durchnässt von dem Nieselregen draußen. Es begann zu dämmern, deshalb zündete ich eine Kerze an, die mein Café fast unheimlich wirken ließ. Ich fuhr mir durch mein schon grau werdendes Stoppelhaar und sah meinen Freund fragend an.
„Also“, fing Michael an, „ich radelte, wie jeden Morgen mit einer ganzen Menge Briefe in meiner Posttasche los. Als ich am Schreibwarenladen von Herrn Blum vorbei kam und ihm freundlich zulächelte, winkte er mich wild fuchtelnd heran. Ich fuhr zu ihm und sagte: „Na, mal sehen, ob heute für Sie Post dabei ist!“ Als ich die Briefe nach seinem Namen durchsuchte, griff Herr Blum mir doch unverschämter Weise plötzlich selber in meine Posttasche und riss all die Briefe an sich, um selbst nach seiner Post zu sehen. Dabei kippte die ganze Posttasche um und alle Briefe lagen in der Pfütze. Verzweifelt versuchte ich noch, die Briefe vor dem Aufweichen zu retten. Aber vergebens.
Als ich ihn darauf hinwies, dass er mir wenigstens helfen könne, die mit Tinte verschmierten aufzuheben merkte ich, dass er ein mit Obst bedrucktes Briefpapier in den Händen hielt und es völlig aufgeregt las. Gerade, als ich mich wieder meinen durchnässten Briefen widmen wollte, hörte ich Herrn Blum plötzlich mit einer Stimme, die ich von ihm erst einmal in meinem langen Postbotenleben gehört hatte, rufen: „Juhu, von tausend bin ich der...!“ „Inzwischen hatte ich den starken

Espresso gemacht und stellte ihn Michael vor die Nase. Das Licht spiegelte sich in der Tasse. Gierig nahm er einen großen Schluck und fuhr fort: „Na ja, mehr konnte ich nicht verstehen, denn er rannte in seinen Laden und rief mir nur noch über die Schulter zu: „Danke für den Brief!“ Tja, ich stand jetzt mit dem ganzen Haufen durchnässter Briefe da und du kannst dir nicht vorstellen, wie sauer ich auf Herrn Blum war. Das ist mir unerklärlich, wie das passieren konnte. Ich überlegte nicht lange, sondern fuhr schnurstracks im strömenden Regen zu dir. Ich dachte, du wüsstest bestimmt, was mit ihm los sei und was ich jetzt mit all diesen Briefen machen sollte.“
Eine Minute war es totenstill, nur den Wind, der jetzt aufgezogen war, hörte man draußen pfeifen. Ich sah in die flackernde Kerze und überlegte fieberhaft, was könne so rührend sein, dass man dafür alles stehen und liegen lässt? Ich kam zu dem Entschluss, dass er bei etwas gewonnen haben musste, aber bei was? Mit den Briefen wäre das so ne Sache, ich riet ihm, einfach die Poststelle zu besuchen und ihnen den ganzen Vorfall zu schildern. Damit wäre diese Sache schon mal geklärt. Michael schlug, als es schon spät am Abend war, vor, dass er morgen einfach noch mal bei Herrn Blum vorbei schauen würde. Wir verabredeten uns morgen um 9:00 vor dem Laden, weil ich empört meinte, dass ich auch dabei sein wolle.
In der Nacht träumte ich von den verschiedensten Wettbewerben. Aber keiner von ihnen passte wirklich in die Situation. In der Früh stand ich pünktlich auf und fand mich kurz danach frisch und munter vor der Tür ein. Es war ein herrlicher Tag. Die Luft war angenehm feucht und es roch nach Frühling. Ich trabte die Straße entlang. Überall sah ich lachende Gesichter. Der Tag kam mir wie ein Wunder vor, als würde es die ganze Welt besetzen.
Schon von weitem sah ich das fröhliche und überaus glückliche Gesicht des Ladenhändlers und das von Michael. Seine

Haare waren nicht mehr verstrubbelt und er grüßte mich schon von weitem: „Hey, Simon!"
Ich war angekommen: „Hallo", entgegnete ich kurz.
Herr Blum fing gleich zu erzählen an. Er erzählte, dass er bei einem großen Preisausschreiben gewonnen hatte. Er und seine Frau durften für drei Wochen auf die Kanarischen Inseln fahren, dort wo die Sonne täglich scheint und man den ganzen Tag am Strand liegen und dabei Ananas essen konnte, sowie andere leckere Früchte, soviel man wollte.
Herr und Frau Blum meinten, dass es gar nichts Besseres gäbe, als den ganzen Tag herum zu lungern und Ananas bis zum geht nicht mehr zu essen. Als ich mir das ganze Herumgeschwärme von Ananas etc. angehört hatte und die Beiden gerade eine Verschnaufpause eingelegt hatten, sagte ich stolz zu Michael: „Siehst du, ich hatte nicht ganz unrecht, er hat einen Preis gewonnen. Aber, ob sie nach der Reise dann immer noch Lust auf Ananas haben, das werden wir dann sehen."
Wir lachten alle und es wurde noch ein schöner Tag - mit Urlaubsträumen, für die beiden Blums auf jeden Fall.

Paula Jönsson

Gute und schlechte Seiten

In einem Dorf in Afrika lebte ein kleiner Junge. Sein Name war Timbo und seine Eltern hatten einige riesige Ananasplantagen. Er ging eigentlich ganz normal in die Schule, wie alle anderen Kinder auch, nur mit dem Unterschied, dass er das Kind im Dorf mit den reichsten Eltern war. Deswegen mochten ihn einige der anderen Kinder nicht so gern und beschimpften ihn als Geldsack. Er erzählte seinen Eltern manchmal davon, doch seine Mutter tröstete ihn damit, dass die anderen nur neidisch wären, weil sie es selber nicht so gut haben.

Doch er hatte auch ein paar Freunde. Sein bester Freund hieß Domo. Am nächsten Morgen, als Timbo aufstand, hörte er seine Mutter von unten rufen, dass er sich beeilen sollte, denn es sei schon spät. Als er dann nach unten ging, um zu frühstücken, war sein Vater schon am Tisch und trank Kaffee. Seine Mutter las gerade die Post, als Domo kam, um ihn abzuholen. Sie gingen gemeinsam zur Schule.

Nach einem anstrengenden Schulvormittag, die anderen Kinder hatten ihn wieder verärgert, wollten sie nach Hause laufen, doch als sie um die Ecke liefen, stand vor ihnen ein Mann. Diesen hatten sie vorher noch nie hier gesehen. Der Mann unterhielt sich mit einer anderen Frau. Als sie vorbeilaufen wollten, packte der Mann Timbo an der Schulter und die Frau schnappte sich den flüchtenden Domo. Der Mann stülpte einen Sack über ihn und warf ihn dann unsanft in einen Jeep. Von Domo und der Frau hörte er nichts und als er gerade dachte, dass Domo vielleicht entkommen war, flog noch ein Sack auf ihn. Er fühlte sich schwer an. Daraus schloss er, dass er sehr wahrscheinlich Domo war.

Der Jeep setzte sich in Bewegung und nach einer ganzen Weile bewegte sich der Sack über ihm und er hörte ein leises

Stöhnen über sich. Nach einer Ewigkeit - wie es Timbo schien - hielt der Jeep an und er wurde gepackt und auf den Boden geworfen. Er prallte hart mit dem Brustkorb auf einen Stein. Als er dann auf die Füße gestellt wurde, schwindelte es ihn und er war nah daran, wieder umzukippen. Eine kräftige Hand fing ihn auf.
Plötzlich wurde ihm der Sack vom Kopf gerissen und das helle Sonnenlicht blendete ihn so, dass er erstmal nichts sehen konnte. Zirka zwei Minuten später hatten sich seine Augen wieder einigermaßen an das Licht gewöhnt.
Dann sah er den Mann und die Frau und noch eine ganze Menge anderer Leute. Domo stand neben ihm, er blutete leicht am Kopf, aber nicht so, dass es gefährlich wäre. Zu seiner großen Verwunderung standen noch einige andere Kinder neben ihnen, erst jetzt registrierte er, dass seine Hände gefesselt waren.
Einige Leute trieben sie in einen Schacht, wo überall Kinder arbeiteten. Jetzt wusste Timbo aber auch, wo er gelandet war, nämlich in der Satalon-Sekte. Diese entführt Kinder, um sie für sich arbeiten zu lassen.
Er erkannte, dass bei den Kindern, die um ihn herum standen, ein Mädchen aus seiner Schulklasse dabei war. Ein großer Kerl kam auf sie zu und teilte sie den jeweiligen Aufgaben zu. Auch das Mädchen wurde in die Arbeitsgruppe getan. Domo dagegen hatte Pech und kam nicht zu ihnen.
Ihnen wurden ihre Unterkünfte gezeigt und sofort bekamen sie Werkzeug und wurden in die Bergwerke geschickt, dort sollten sie Materialien abbauen. Wozu diese gebraucht wurden, wusste er bisher nicht. Nach einem eher kurzen Tag konnte er dann endlich schlafen, doch er hatte so viele Fragen offen.
Als ihn dann doch die Müdigkeit überkam, schlief er ein und versank in einem unruhigen Schlaf.

Am nächsten Tag standen sie auf und bekamen ein karges Frühstück aus labbrigem Brot und Wasser. Danach mussten sie gleich anfangen, zu arbeiten. Zirka gegen Mittag bekamen sie eine kurze Pause. Diese nutzte Timbo, um das Mädchen zu fragen, was hier eigentlich los sei.
Sibela sagte ihm, dass sie die Materialien, die sie hier abbauten, für den Bau von Waffen brauchen würden. Das schockierte Timbo natürlich erstmal. Doch noch in Gedanken versunken, schaute er kurz hinauf zur Decke. Im Schein des schwachen Lichts hier unten, welches nur von ein paar Kerzen ausging, konnte er zwar nicht viel erkennen, aber er sah, dass die Decke sehr dünn sein musste. Timbo entschied sich spontan und packte Sibela am Arm, nachdem der Wachmann gerade um die Ecke verschwand.
Sie schaute zunächst etwas ratlos, doch verstand dann sehr schnell, was er wollte und packte sich eine Leiter und lehnte sie an die Decke. Als er mit einem Hammer die Decke einschlug, wusste er, dass sie jetzt schnell sein mussten. Als sie gerade durch die Decke verschwunden waren, erschien unter ihnen schon der Wachmann. Dieser schoss ein paar Mal nach ihnen und rief dann etwas in den Schacht. Doch diese Zeit genügte schon, um weg zu kommen. Sie liefen erstmal in den nahe gelegenen Wald. Als sie dort ankamen, hörten sie hinter sich schon Stimmen der Verfolger, doch sie wussten beide, dass sie jetzt nicht stehen bleiben durften.
Nach einer ganzen Zeit, es war mittlerweile schon etwas dunkel geworden, stand vor ihnen im Wald ein alter Jeep. Timbo fragte Sibela, ob sie wüsste, wie man so was fährt. Doch sie schüttelte nur den Kopf. Es war aber ihre einzige Möglichkeit, diesen Leuten zu entkommen. Also stiegen sie ein und er startete den Motor und zu ihrem Glück war der Jeep ein Automatik-Auto. So kamen sie noch vor Anbruch der Nacht bei seinen Eltern zu Hause an. Diese empfingen ihn über-

glücklich. Einige Polizisten waren auch dort und fragten ihn und Sibela sofort, wo sie gewesen seien. Sie erzählten ihnen alles, aber sie standen natürlich immer noch unter Schock von den Schüssen und waren erschöpft von der Arbeit.

Sibela hatte ihm erzählt, dass sie schon mehrere Wochen in dem Schacht gearbeitet hatte. Die Polizei rückte danach aus, um die Leute zu finden. Doch das war Timbo und Sibela erstmal egal. Am nächsten Tag kam ein Brief mit der Post von der Polizei, dass sie die Leute gefasst hatten. Es waren noch Dankbriefe von den Eltern der Kinder dabei. Als er dann in die Schule ging, traf er erstmal Sibela. Diese bedankte sich auch noch mal bei ihm und an diesem Tag wurde er in der Schule nicht geärgert und einige entschuldigten sich sogar noch bei ihm wegen früher.

Auch Domo traf er nachher noch, er sah auch ziemlich mitgenommen aus, sagte aber, dass es ihm gut gehe. So war eigentlich alles in Ordnung. Das Ganze hatte eigentlich auch seine guten Seiten gehabt: Er hatte eine Freundin gefunden und in der Schule mochten ihn jetzt auch die anderen.

Jannis Kern

Die Wunderkerze

Ich bin heute 40 und der reichste Mensch der Welt. Und das alles wegen einer kleinen Kerze.
Es begann so:
Es war ein schöner Samstagmorgen, als ich, ein Junge von zehn Jahren, aus meinem Bett stieg. Ich zog mich rasch an und ging nach unten zum Frühstück, wo meine Eltern schon auf mich warteten. Ich setzte mich hin und sagte fröhlich: „Heute ist ein schöner Tag!“ „Ja, da hast du recht!“, entgegnete meine Mutter. „Oh, da kommt die Post. Würdest du sie holen?“ fragte sie mich. „Na klar!“ sagte ich und rannte nach draußen. „Geben Sie mir die Post!“ rief ich zum Postboten und nahm ihm die Briefe ab. Zurück im Haus gab ich diese dann meiner Mutter. „Danke mein Junge! Oh, guck mal, das ist für dich. Es ist ein Rundschreiben!“ teilte sie mir mit. Hastig riss ich meiner Mutter den Brief aus der Hand und machte ihn schnell auf. „Es ist ein Gutschein für das Café Rana. Einzulösen am 23.04.2009“, las ich mit Freude vor. Gerade als ich meine Eltern fragen wollte, wer von ihnen mit ins Café wollte, sagte meine Mutter zu mir: „Schade, das ist morgen und genau da sind wir bei einer Oper!“ Traurig blickte ich zu Boden. Da kam mir eine Idee. „Ich kann ja auch allein in das Café gehen!“ sprach ich. „Würdest du das wirklich machen?“, fragte meine Mutter und als ich mit dem Kopf nickte, sagte mein Vater: „Toll, weiter so mein Junge!“ Am nächsten Tag ging ich dann ins Café, während meine Eltern zur Oper gingen. Als ich rein kam, zeigte ich erst meinen Gutschein vor, setzte mich dann an einen Tisch und bestellte mir eine Ananastorte. Auf meinem Tisch stand eine Kerze, welche jedoch nicht brannte. Ich wühlte in meiner Tasche und fand ein Feuerzeug. Während ich die Kerze anzündete, dachte ich daran, wie die Bäcker die Ananas wohl in die Torte bekamen. Plötzlich er-

schien eine Ananas neben der Kerze. Ich wäre vor Schreck fast vom Stuhl gefallen. War das ein Wunder oder spielten mir meine Augen einen Streich? Ich steckte die Ananas hastig in meine Tasche. Dann nahm ich die Kerze in die Hand. Hatte mich jemand gesehen? Vielleicht der Herr in der Ecke oder der Kellner? Nein! Niemand ging auf mich zu und niemand schaute mich misstrauisch an. Schnell stand ich auf und rannte nach Hause. Auf dem Heimweg ließ ich mir alles noch mal durch den Kopf gehen. Ich zünde eine Kerze an, denke an eine Ananas und schon erscheint eine? Wie denn das? Als ich zu Hause angekommen war, rannte ich in mein Zimmer und schloss die Tür ab. Dann ließ ich mich auf mein Bett fallen. Ich holte noch mal mein Feuerzeug aus der Tasche, zündete die Kerze an und dachte währenddessen an Geld. Auf einmal lag ein riesiger Haufen Geld vor mir. Es ist also wahr: Das ist eine Wunderkerze. Als meine Eltern nach Hause kamen, sagte ich ihnen nichts, aber ich „zauberte“ heimlich weitere tolle Sachen. So wurde ich also der reichste Mensch der Welt!!!

Daniel Kölln

Illustration: David Rüger

Die wunderliche Post

Illustration: Madeleine Fruth

Eines Tages saß Klaus wieder einmal mit seiner Mutter und ihren Freundinnen im Café. Die Frauen unterhielten sich ununterbrochen und dabei wurde es Klaus langweilig. Er fing an, die Leute in dem Café zu beobachten. Als er seinen Ananassaft schlürfte und sich im Café umschaute, entdeckte er auf einem leeren Platz ein Paket! Er wurde neugierig und schlich sich zu dem Paket, da er dachte, dass es jemand zur Post bringen wollte.

Es war aber kein Paketaufkleber darauf und er hörte daraus ein leises Rascheln und Knistern. Er dachte sich: „Was ist da wohl drin?“ Klaus lief zu seiner Mutter und zeigte ihr den Karton. Gemeinsam gingen sie zu der Schachtel und entdeckten, dass sie nicht ganz verschlossen war. Sie entschlossen sich, einen Blick hineinzuwerfen, da das Rascheln immer lauter wurde.

Klaus und seine Mutter waren ganz verwundert, als in dem Karton ein kleiner, dicker, weißer Hamster sie aus seinen schwarzen Knopfaugen ansah. Klaus fragte: „Wem gehört der Kleine nur?“ Da entdeckte seine Mutter einen Kassenzettel von einem Zoogeschäft! Sie beschlossen, den Hamster zu dem Zoogeschäft zu bringen, in dem er vermutlich gekauft wurde. Die Verkäuferin hatte zum Glück die Adresse von dem neuen Besitzer und gab sie den beiden. Klaus und seine Mutter brachten den kleinen Hamster zu seinem Besitzer! Es war ein

Mann aus ihrer Nachbarschaft, der den Hamster seinem Sohn gekauft hatte. Er war kurz vor Klaus und seiner Mutter im Café.
Dort wurde er von seinem Sohn angerufen, dass er ihn von der Schule abholen sollte, weil er fürchterliche Bauchschmerzen hatte.
Er ist so schnell wie möglich gegangen und hat dabei den Karton stehen gelassen. Nun waren alle froh, dass der kleine Hamster wieder aufgetaucht war und zum Dank dafür nannten sie ihn Klaus.

Nicholas Kotzerke

Mein Tagebuch

Hallo, ich bin Franzi und 14 Jahre alt. Ich habe einen Bruder namens Phillip. Er ist zwei Jahre älter als ich und leider ziemlich frech!
Als es mir wieder einmal etwas langweilig war, ging ich in mein Zimmer und stöberte gedankenverloren in einer Schublade. Dabei entdeckte ich meine Tagebücher und nahm eines heraus, um darin zu lesen. Ich setzte mich auf mein kuscheliges Sofa und schlug die erste Seite auf. Dort stand: „Mein gemeiner Bruder - Streich Nr. 46!“
Gespannt las ich weiter:

Montag:
Liebes Tagebuch, heute bekam ich einen Brief von einem Conrad Anderl. Ich überlegte kurz, aber diesen Mann kannte ich nicht. Meine Neugier siegte und ich öffnete eilig den Umschlag. Ich setzte mich an den Küchentisch und las: „Liebe Franziska Berbermann, du hast eine Ananas gewonnen!“ „Was für ein komischer Brief“, dachte ich. Ich konnte mich nicht daran erinnern, jemals an einem Gewinnspiel teilgenommen zu haben. Aber vielleicht hatte Oma für mich mitgespielt, das machte sie nämlich manchmal.
Als heute Abend mein Bruder nach Hause kam, fiel mir auf, dass er irgendetwas vor mir versteckte. Ich wunderte mich über sein komisches Verhalten, dachte aber nicht weiter darüber nach. Oh, jetzt knurrt mein Magen! Mann, habe ich einen Bärenhunger!
Bis später liebes Tagebuch, ich muss jetzt etwas zu Abend essen.

Dienstag:
Hallo mein liebes Tagebuch, heute kam eine Fotografin in die Schule, um ein Klassenfoto zu machen. Ausgerechnet heute hatte ich meine etwas zu weite Hose an, die mir immer wieder rutschte. Andauernd musste ich sie hochziehen! Kannst du dir vorstellen, wie lästig das war? Nach der Pause stellten wir uns im Pausenhof auf und leider rutschte die Hose gerade jetzt.
Ich zog sie genau in dem Moment nach oben, als es blitzte!!!
Als die Fotografin uns dann die Bilder zeigte, lachte die ganze Klasse über mich, weil ich dabei auch noch so komisch schaute. Meine Freundin Kathi sagte: „Das ist doch nicht so schlimm." Ja, die hatte ja auch nicht so eine Grimasse gezogen wie ich!!!
Am liebsten wäre ich im Erdboden versunken. Zum Glück war die Schule jetzt aus. Natürlich war ich heute sehr schnell auf dem Nachhauseweg. Aber mein Bruderherz war noch schneller zu Hause als ich und zeigte mir einen Abholschein, der am Tisch in der Küche lag.
Ich musste sofort an die Ananas denken und machte mich sogleich auf den Weg zur Post.
Aber es war ein Paket von meinem Freund. Ich freute mich sehr darüber.
Als ich gerade am Gehen war, was glaubst du, mein Tagebuch, wen ich da entdeckte? Ja, Phillip.
Was der wohl vorhatte? Er schaute sich auch so hektisch um. Also versteckte ich mich hinter einem Kartenständer und lauschte aufgeregt. Ja, ich weiß, dass man das nicht tut, liebes Tagebuch, aber manchmal geht es halt nicht anders.
Ich verstand eh nur die Hälfte, weil er so leise redete: „Für Franz...Ber..."
Also schlich ich mich in einem günstigen Moment nach Hause, so dass mein Bruder mich nicht sehen konnte. Ach herrjeh, jetzt hätte ich beinahe vergessen, mein Paket zu öff-

nen. Liebes Tagebuch, du bist sicher nicht böse, wenn ich später weiter schreibe?!

So, da bin ich wieder.
Ich bin ja so aufgeregt!!!!
Luca hat mir das Buch, das er mir versprochen hatte, geschickt.
Außerdem möchte er mich am Donnerstagnachmittag um 15:00 Uhr auf ein Eis ins Café Krone einladen!!!
Ich freue mich ja sooooo!
Ich habe ihm natürlich sofort eine SMS geschickt und geschrieben, dass ich da sein werde.
Moment, es klopft an meine Türe…

Das war doch jetzt tatsächlich mein Bruder! Der wollte unbedingt wissen, was in meinem Paket war! Hab ich ihm natürlich nicht gesagt, wäre ja noch schöner!
Große Brüder können echt nerven!

Mittwoch:
Hi, mein Tagebuch. Geht's dir gut?
Heute habe ich schon wieder ein Päckchen bekommen. Stell dir vor!
Als ich heute von der Schule nach Hause kam, lag da schon wieder ein Abholschein für mich am Tisch. Natürlich holte ich das Päckchen sofort ab.
Zu Haus angekommen, wollte ich es öffnen. Da merkte ich, dass mein Bruder hinter mir stand. Er hatte einen Fotoapparat in der Hand. Wie ich schon vermutet hatte, war da eine Ananas drinnen. Phillip forderte mich auf: „Schneide sie doch an und lass sie uns versuchen?"

Ausnahmsweise fand ich seine Idee richtig toll. Lecker, Ananas, ich liebe Ananas.
Mir lief schon das Wasser im Munde zusammen. Ich gab meinem Bruder ein Stück auf einen Teller und nahm meines gleich in die Hand und biss sogleich ein Stück davon ab. Doch was war das?! Ich lief, so schnell ich konnte, auf die Toilette und spuckte alles wieder aus! Beinahe musste ich mich übergeben, igitt, war das ekelhaft!
Da bemerkte ich, dass Phillip die ganze Zeit fotografierte und vor Lachen beinahe in die Hose machte!!
So ein Mistkerl!
Mensch, war ich sauer auf ihn! Dann spottete er auch noch: „Bist du doof! Hast du nicht gemerkt, dass ich dich die ganze Zeit an der Nase herumgeführt habe? Ich habe die Ananas präpariert und du bist auch noch darauf reingefallen, hi-hi-hi!“ Sei mir nicht böse, liebes Tagebuch, aber ich muss mich jetzt erst einmal beruhigen, bis später.

Donnerstag:
Mein liebes Tagebuch, ich wünsche dir einen wunderschönen Tag.
Heute war ich mit meinen Hausaufgaben flitzeflink! Denn heute habe ich mich mit Luca im Café Krone getroffen! Pünktlich um 15:00 Uhr war ich da. Luca wartete schon auf mich an einem Tisch mit einer roten Kerze, die mit Herzen verziert war. Wie schön! Ich setzte mich zu ihm und hatte plötzlich ganz rote Wangen vor Aufregung bekommen. Dann konnte ich es nicht länger aushalten und erzählte ihm die ganze Geschichte von meinem Bruder und mir. Er musste lachen, konnte aber meinen Ärger sehr gut verstehen. Da kam Luca auf eine Idee: „Du kannst ihm doch auch einen Streich spielen!“

Genau deswegen mochte ich ihn so sehr, er hatte immer tolle Einfälle. Wir bestellten uns den größten Eisbecher, den es gab, und löffelten ihn dann genüsslich gemeinsam aus. Während dessen heckten wir die Einzelheiten unseres Plans aus und mussten immer wieder kichern. Doch als wir gerade so richtig in Fahrt waren, entdeckte ich einen Jungen auf der anderen Straßenseite. ER sah meinem Bruder nicht nur zum Verwechseln ähnlich - er war es auch! Phillip saß auf einer Parkbank und knutschte mit Jana, ein Mädchen aus seiner Parallelklasse! Staunend erklärte ich Luca, dass Phillip eigentlich mit Sophie zusammen ist und dass dieses Mädchen dort ganz sicher nicht Sophie war.

Plötzlich hatte Luca einen genialen Einfall und so holte ich mein Handy aus der Tasche und fotografierte Phillip und Jana. Bevor wir gingen, gab ich meinem Freund noch einen Kuss auf den Mund.

Ach mein Tagebuch, weißt du wie gut so ein Kuss schmecken kann?

Naja, wir gingen also beide nach Hause.

Schnell druckte ich die Bilder aus und wartete auf meinen Bruder.

Als er endlich kam, fing ich ihn vor seinem Zimmer ab und hielt ihm die Fotos unter die Nase.

„Du bist gemein, du lügst deine Freundin an“, sagte ich zu ihm. „Und wenn du mir jemals wieder einen Streich spielen solltest, dann wird sie es erfahren!“

Mein großer Bruder wurde plötzlich sehr bleich im Gesicht und versprach mir: „Ich werde dir nie mehr einen Streich spielen, großes Ehrenwort!“

„Das wollte ich nur hören“, lachte ich.

Na mein Tagebuch, kennst du das Sprichwort: „Wer zuletzt lacht, lacht am besten!“

So, nun bin ich aber sehr müde und gehe endlich schlafen. Gute Nacht und bis morgen.

Lächelnd legte ich das Tagebuch zur Seite. Tatsächlich, es war wie ein kleines Wunder. Mein Brüderchen hatte sein Versprechen gehalten. Er hatte mir keine (na, sagen wir mal - fast keine) Streiche mehr gespielt. Und seine Freundin hat er auch nicht mehr belogen.

Lea Krapfenbauer

Alle Jahre wieder

Illustration: Sandra Leidolph

„Liebe Familie Pfeiffer! Wie ihr wisst, bin ich im Moment noch im Urlaub auf Sardinien, am Montag komme ich aber zurück. Weil da nun mein 70. Geburtstag ist, man kann das Älterwerden ja nicht aufhalten, besitze ich die Frechheit, mich just für diesen Tag bei euch einzuladen. Wenn ihr mir eine Freude machen wollt, versucht doch mal, diese köstliche Ananassahnetorte zu backen, wie es sie beim Bäcker gibt. Geschenke braucht ihr nicht zu kaufen, die nützen mir sowieso nie etwas. Viele Grüße und tausend Wünsche für das Töchterchen, eure Tante Clara."

Tja, dieser kurze Brief erreichte uns am Samstagmittag völlig überraschend. Wie wir uns eingestehen mussten, hatten wir alle, Mama, Papa und ich, Tante Clara total vergessen. Als sie zu ihrem Inselurlaub aufgebrochen war, schloss Papa mit mir eine Wette ab, wann sie zurückkommen und vor allem, ob Tantchen das alljährliche Geburtstagsfeiern wohl einmal vergessen würde. Gewonnen hat natürlich er! Also würde nun die fürchterliche Hektik und das Backen losgehen.
Nachdem wir den ersten Schock und die nachfolgende Ratlosigkeit überwunden hatten, fing Mama wie aus heiterem Himmel an, in einem Wahnsinnstempo auf und ab zu rennen. „Sabine, du gehst in die Küche und überprüfst den Kühlschrank auf folgende Sachen: Milch, Zucker und so, dann Ananas, Schmelzschokolade und diesen Biskuitteig, du weißt schon, den, den wir vor einer Woche im Supermarkt gekauft haben. Für einen irren Preis, nur in weiser Voraussicht."

„Stopp!“, unterbrach Papa in diesem Augenblick Mamas Redefluss. „Wir machen das jetzt ganz langsam und organisiert! Du, Mädchen, tust jetzt, was dir gesagt wurde, ich schreibe wenn nötig eine Einkaufsliste.“
Mehr bekam ich zum Glück nicht mit, denn ich verzog mich seufzend zum Kühlschrank. Es war gar nicht so leicht, unter dieser Fülle von Lebensmitteln die richtigen ausfindig zu machen. Nach und nach entdeckte ich dann aber doch Zutat für Zutat und stellte erstaunt fest, dass wir ausnahmsweise mal alles zu Hause hatten. Das war sensationell! Fröhlich brüllte ich los: „Mama, Papa, wir haben alles da, glaube ich jedenfalls. Kommt doch mal!“
Sofort erschienen sie stolpernd in der Tür und nach kurzer Inspektion des Kühlfaches breitete sich ein zuversichtliches Lächeln vor allem auf Mamas Gesicht aus: „Na, dann können wir ja morgen loslegen!“ An Papas Gesichtsausdruck war deutlich zu erkennen, wie wenig er von Mamas Backkünsten hielt und dass er sich morgen wohl so schnell wie möglich verdrücken würde.
So war es dann auch. Während Papa sich mit Tennisspielen vor dem beginnenden Chaos in der Küche abzulenken versuchte, war ich zu Mamas Kochgehilfin aufgestiegen, was aber nur hieß, dass ich herumrennen und alles zusammen sammeln sollte. Mühsam verkniff ich mir das Lachen, denn Mama stand, mit Schweißperlen auf der Stirn, vor der riesigen roten Monsterbackschüssel, nur um Ananas und Quark untereinander zu rühren. Schließlich überkam mich das Mitleid und ich hielt den Bottich fest, bevor er auf dem Boden landete. Die cremige Masse, die wir da zu rühren versuchten, verwandelte uns beide nach einer halben Stunde Matscherei in wahrhaftige Ananasquarkkuchen-Außerirdische. Mama klebte das eklige Zeug an den Armen, sogar bis zu den Ellenbogen. Wie mir später einfiel, war das ein Rekord im Vergleich zum Vorjahr,

da waren es „nur“ die Handgelenke gewesen. Man konnte aber auch nicht behaupten, ich sähe zu diesem Zeitpunkt besser aus! Herausgeschleuderte Kuchenfüllungsspritzer landeten in meinen Haaren und weil sie langsam trockneten, juckte es fürchterlich auf meinem Kopf. Sofort fiel mir die Läuseplage ein, die vor zwei Jahren in der Schule wütete.
Plötzlich fuhr ich zusammen, hörte Mamas spitzen Schrei und sah dann die Ananasquarkmischtrommel wie in Zeitlupentempo fallen, sich im Flug drehen und mit ohrenbetäubendem Getöse auf die weißen Fußbodenfliesen knallen! Hatte ich es nicht befürchtet? „So ein Mist! Heute geht aber wirklich alles schief!“ Mama klang nicht einmal besonders wütend, wir waren es doch von den Vorjahren gewohnt, dass ein Missgeschick auf das andere folgte!
„Vielleicht ist da noch etwas vom Teig zu retten? Man könnte ihn mit der Schöpfkelle wieder in die Schüssel wuchten“, unternahm ich einen zaghaften Versuch, Mama aufzumuntern und griff schon nach dem Küchengerät. „Nee ... lass mal, ich mach das. War ja auch meine Schuld, dass das Zeug jetzt den Boden hier verschönert“, sagte Mama geknickt und nahm mir den Schöpflöffel aus der Hand. Davon, dass wir beide noch zigmal auf dem glitschigen Matsch ausrutschten und uns nachher selber in den Kuchen hätten legen können, will ich gar nichts erzählen. Nur vielleicht noch, wie ich die Sahne so lange schlug, bis ich nach einiger Zeit bemerken musste, dass, hm na ja, eben dass die Flüssigkeit nicht zu Sahne, sondern schon fast zu fertiger Butter geworden war.
Bitte noch nicht lachen, denn ich bin noch nicht fertig. Papa kommt nämlich noch ins Spiel. Nach tapfer ausgehaltenen drei Stunden Tennis war er zwar sicherlich um ein paar Pfunde leichter, dafür aber umso erschöpfter. Deshalb hatte er sich entschlossen, nach uns zu sehen. Ich sage nur: Als er die Küche betrat, traf ihn ein Teigklumpen mitten ins Gesicht und

weil er wie versteinert dastand, überlegte ich schon, ob er wohl in Ohnmacht fallen würde. Nach quälenden Sekunden, in denen wir uns nur anstarrten, brach er urplötzlich in schallendes Gelächter aus und wir konnten nicht anders, als einfach mitzulachen. Nachdem alle sich wieder halbwegs beruhigt hatten, wateten Mama, Papa und ich gemeinsam durch den Tortenfüllungsschlamm, kramten die vom letzten Geburtstag übrig gebliebenen Kerzen hervor und ließen uns auf die Stühle fallen. Wir hatten Glück, dass sie noch sichtbar waren. Wie kleine Kinder häuften wir zusammen einen Berg aus Ananasfüllung auf und schütteten die vermurkste Sahnebutter darüber. Mit den alten Kerzen darauf sah es eigentlich ganz schön aus, vor allem, als Papa sie anzündete, entstand eine fast feierliche Stimmung.
„Lasst uns versprechen, nie wieder eine Torte für Tante Clärchen selbst zu backen, es hat noch in keinem Jahr geklappt und wird es auch in Zukunft nicht!“ Mama und ich gaben Papa grinsend Recht, obwohl Mamas Bäckerinnenstolz leicht angeknackst war. Zufrieden mampften wir dann den Rest der Torte, falls man das so nennen kann, selbst und warteten, bis die Kerzen nach zehn Minuten ihren Geist aufgaben. Die anschließende Aufräumaktion, an der sich alle beteiligen mussten, wird wohl niemanden so recht interessieren, ich selbst fand sie auch ziemlich langweilig.

Hinterher suchte Mama das nobelste Briefpapier zusammen, um an Tante Clara zu schreiben, sie solle doch bitte nicht enttäuscht sein, wenn sie am Geburtstag keine selbstgebackene Torte vorfände. Wir würden als Entschädigung in das beste Café der Stadt gehen, wo es Tantchens Lieblingskuchen schließlich auch gäbe. Weiter erzählte Mama von irgendwelchen Dingen wie Zeitnot, Geldknappheit und so weiter. Ich jedenfalls hätte ihr, als sie fertig war, wahrscheinlich nicht ge-

glaubt, was sie da behauptete. Aber die Tante würde schon Verständnis haben, sie musste es ja. Wenigstens durfte ich später die Briefmarke anschlecken und aufkleben, bevor Papa mir die Lügengeschichte in Briefform abnahm, um sie zusammen mit dem ganzen Rest zur Post zu tragen.
Tja, in all der Aufregung hatten wir natürlich total verschlafen, dass ein Brief am Sonntag nicht mehr befördert wird und deshalb bestenfalls mittwochs ankommen würde. In der Eile waren wir natürlich nicht aufs Anrufen gekommen! Egal. Dann mussten wir uns, besser gesagt Mama und Papa, die Lügengeschichte bis morgen merken, ich würde nur zu allem höflich nicken, was auch am einfachsten ist.

Clara klingelte pünktlich am nächsten Tag an der Tür und verlangte, wie mir schien, doch sehr resolut nach ihrer Torte. Wieder einmal überraschten mich meine Eltern, so freundlich, zuvorkommend und liebenswürdig einschmeichelnd benahmen sie sich nur sehr selten, ehrlich gesagt nie!

Illustration: Julia Grübner

Der Cafébesuch wurde dann wider Erwarten doch ganz nett. Tantchen schob sich genüsslich ein Stück Torte nach dem anderen in den Mund und kostete es offensichtlich aus, dass sie eingeladen war. Vornehm hielt ich mich mit dem Essen etwas zurück und bereute es nicht, denn beim Anblick der Rechnung traten dann doch allen fast die Augen aus dem Kopf! Nach ge-

langweilt abgesessenen zwei Stunden im wohl besten Café am Platz, machten wir uns dann endlich auf den Rückweg. Als Tante Clara zu Hause abgesetzt war, meinte Papa: „Das nächste Mal gehen wir aber in ein etwas billigeres Café." Ich konnte da nur zustimmen! Gelohnt hatte es sich aber trotzdem, denn insgesamt waren an diesem Wochenende wahnsinnig viele Wunder auf einmal geschehen: Mama hatte ihren Backteufel verbannt, die Familie war trotz allem noch nicht zerstritten, die Küche noch intakt, Tante Clara zufrieden und Papa trug die teuerste Rechnung des Jahres in der Tasche!
Ob nächstes Jahr auch so viel Wundersames passiert?

Martina Leis

Ein unerwartetes Geschenk

An einem sonnigen Sonntagnachmittag saß ich mit meiner Mutter und meinem Vater in einem Café.
Sie unterhielten sich wie immer über Politik! Ich verstand gar nichts von Politik! War auch total langweilig. Deswegen machte ich immer irgendwelchen Unfug. Da sah ich, dass eine rote brennende Kerze auf dem Tisch stand.
Daneben stand, in gefährlicher Nähe, eine Pappananas zur Dekoration, deren Blatt fast in der Flamme hing. Ich wollte nicht, dass es anbrennt, denn sonst würde die ganze Ananas anbrennen, danach die Tischdecke, der Tisch und am Schluss wahrscheinlich das ganze Café! Nein, das ließ ich nicht zu! Ich stupste meine Mutter an, die immer noch mit meinem Vater über Politik redete. Als ich sie schon zwei- oder dreimal angeschubst hatte, sagte ich laut: „Mama! Kannst du denn nicht über etwas anderes reden als über Politik?!"
Meine Mutter schaute mich ungläubig an. „Was ist denn mein Schatz?" fragte sie. „Ich bin doch mit dem Papa hergekommen um mich mit ihm zu unterhalten!" „Und wieso habt ihr mich dann mitgenommen?", fragte ich frech. „Na ja, wir haben gedacht, dir gefällt es hier." Ich ärgerte mich sehr über meine Mutter, sodass ich vergaß, was ich eigentlich fragen wollte. Ich blickte zur Kerze und zur Ananas und bekam gerade noch mit, wie sich eine dicke, fette Stubenfliege auf das Blatt der Ananas niederließ.
Das Blatt senkte sich langsam und kam der Kerzenflamme immer näher. Jetzt würde ein kleiner Windstoß reichen und das Blatt der Ananas würde anbrennen. Panisch sagte ich zu meiner Mutter: „Mama! Die Ananas brennt gleich an!" Wie nicht anders zu erwarten war, begann die Kerze zu flackern. Die Fliege saß immer noch ganz gelassen auf dem Blatt. Ich hatte höllische Angst vor Feuer, doch ich fasste meinen gan-

zen Mut zusammen und pustete so lange, bis nur noch ein grauer Rauchzug zu erkennen war.
Puh. Jetzt war alles gerettet! Ich betrachtete den Ort des beinahe geschehenen Unglücks. Und dann sah ich etwas, was nicht an diesen Ort gehörte - unter der Kerze lag ein Brief! Ich hob die Kerze vorsichtig hoch, damit das noch heiße Wachs mich nicht verbrannte und holte den kleinen Brief unter der Kerze hervor. Das war ja richtig komisch! In großen Buchstaben stand auf dem Brief: POST FÜR SOFIE! Ich faltete das Papier ungläubig auf.
Ich dachte mir: „Vielleicht ein heimlicher Verehrer?“ Ich las den Brief und war etwas verwundert. Denn da stand nicht mehr als: „Folge den blauen Pfeilen und du wirst jemanden kennen lernen, der dich ganz besonders mag!“ Neugierig wie ich war, sagte ich meiner Mutter, dass ich schnell in die Bibliothek gehen würde, um mir ein Buch auszuleihen. Doch war mir klar, dass der Weg nicht dahin führen würde. Ich befolgte die Anweisungen und folgte den Markierungen am Boden. Sie führten mich zu einer Parkbank. Nun sah ich keine Pfeile mehr! Was sollte ich nun tun? Denn auf der Parkbank saß niemand. Aber, da lag was unter der Bank! Ich bückte mich und hob dcn Brief auf. „Gehe dahin, wo du immer nach der Schule hingehst!“ Mehr stand da nicht. Der Ort, an dem ich mich immer für eine Weile nach dem Unterricht aufhielt, war der Park, wo ein uralter Baum stand, in welchen auch schon oft der Blitz eingeschlagen hatte. Ich lief schnell dorthin. Ich schaute mich genau um, ob ein weiterer Brief zu finden war, doch ich entdeckte keinen! Jetzt stand ich da und wusste nicht, was ich machen sollte. Ich setzte mich auf die Wiese und überlegte. Ich versenkte den Kopf in den Armen und wartete. Doch worauf warten? Meine spannende Reise war hier zu Ende und am Ende war nichts.

Plötzlich stupste mich etwas Kaltes an. Ich blickte auf und sah einen kleinen Welpen, der mir schwanzwedelnd in die Augen schaute. Ich nahm ihn in den Arm und drückte den kleinen Hund an mich! Wem er wohl gehörte? Ich schaute mich um und sah weit und breit niemanden. Das war echt seltsam! Ein kleiner, süßer und verspielter Welpe taucht wie durch ein Wunder auf und nirgends ist ein Besitzer zu finden! Ich stand auf, nahm den Welpen auf den Arm und machte mich auf den Weg nach Hause. Was wohl meine Eltern dazu sagen würden? Mit einem Mal wurde es dunkel vor meinen Augen - jemand hielt mir die Augen zu! Ich drehte mich zusammen mit dem Tier, welches zu bellen begonnen hatte, um, und versuchte die Person zu erkennen.

Als ich sah, zu wem die Hände gehörten, erschreckte ich mich einerseits, andererseits konnte ich meine Verwunderung kaum zurückhalten. „Ihr? Was macht ihr denn hier? Es tut mir leid, dass ich nicht in der Bibliothek war, es tut mir leid, dass ich euch angelogen habe, aber…"

„Ach Sofie, mach dir da mal keine Sorgen, das wussten wir!"

Meine Mutter und mein Vater standen nun vor mir und lächelten mich an. „Das war alles geplant! Und wie ich sehe, hast du Lola schon kennen gelernt! Alles Gute zum Geburtstag! Auch wenn du erst in zwei Tagen wieder einmal älter wirst, möchten wir dir schon heute dein Geschenk geben, denn schon morgen hätte er jemand anders gehören können!"

In diesem Augenblick hielt ich das Alles, was in der letzten Stunde passiert ist, für einen Traum. Doch mein Hund, welcher den Namen Lola trug, schleckte mir über die Backe und bewies mir so, dass es kein Traum war. Ein eigener Hund! Ich war so glücklich und ich beschloss, dass dieser Tag der beste Tag in meinem Leben war. Selbst wenn es kein Verehrer war, der am Ende der blauen Pfeile auf mich gewartet hat.

Viktoria Löhlein

Illustration: Nadine Paul

Hier ist Platz für eine eigene Geschichte mit den fünf Reizwörtern

Die Zauberpost

Die Straßenbahn hielt quietschend vor dem Café, Ella Celias Lieblingsort. Das Mädchen stieg aus und bestellte sich anschließend in dem Café einen Ananas-Drink, wie jedes Mal, wenn etwas Ungewöhnliches passiert war. Dieses Mal hatte es etwas mit Tante Melindas Post zu tun. Ella wusste nur über Tante Melinda, dass sie Vaters Kusine zweiten Grades und dass sie schon ziemlich alt war. Vorsichtig öffnete Ella den Umschlag. Darin steckte ein blaues Kärtchen, auf dem eine Fee abgebildet war. Das Mädchen las den beiliegenden Zettel aufmerksam durch. Auf dem Zettel stand, dass Tante Melinda Ella diesen „Wunschgutschein" schenkte. „Dies ist ein Zaubergutschein, mit dem du dir einen guten Wunsch wünschen kannst", stand dort, in geschlungenen Buchstaben. Eigentlich dachte Ella nicht an Zauberei, doch sie nahm sich vor, den Gutschein einzulösen.

Als Ella nach Hause kam, erzählte sie ihren Eltern von Tante Melindas Brief - den Teil mit dem „Wunschgutschein" ließ sie aus. Sie würde dieses Geheimnis nur mit ihrer Freundin Naomi Robinette teilen. Bei Naomis Namen zuckte sie zusammen. Es tat sehr weh, dass Naomi Leukämie hatte. Sie war gerade im Krankenhaus und machte eine Chemotherapie.

Ella besuchte ihre beste Freundin immer nach der Schule und blieb dort immer so lange, wie es möglich war. Morgen würde Ella in das Krankenhaus fahren…

„Ella? Hörst du mir zu? Ich fragte dich gerade, ob du nicht Tante Melinda im Altersheim anrufen willst, um dich zu bedanken", fragte Ellas Mutter, die mit Ellas Vater auf dem Sofa saß.

„Oh, ja, dass ist eine gute Idee!“, rief Ella begeistert und lief zum Telefon. Sie wählte die Nummer des Altersheims. Eine Frau ging dran.
„Guten Tag?“, fragte sie.
„Hallo! Hier spricht Ella Celias. Ich wollte fragen, ob ich Melinda Celias-Tinque sprechen könnte, sie ist meine Großtante“, fragte Ella.
„Oh nein! Es tut mir so leid, aber Frau Celias-Tinque ist vor drei Tagen gestorben!“, antwortete die Frau traurig.
„Aber ich habe heute einen Brief von ihr bekommen!“, rief Ella.
„Ja. Die Briefe, die sie abschicken wollte, haben wir noch abgeschickt. Es tut mir wirklich so leid!“, antwortete die Frau.
„Auf Wiedersehen und danke trotzdem…“, murmelte Ella und legte auf. Als sie ins Wohnzimmer zurückkam, sagte sie nur traurig: „Tante Melinda ist vor drei Tagen gestorben.“

Am nächsten Morgen fuhr Ella gleich in der Früh ins Krankenhaus zu Naomi. Die Post und den Gutschein nahm sie mit. Als sie sich zu Naomi auf das Bett gesetzt hatte, fiel ihr auf, wie schlecht Naomi aussah: Ihre Haare waren fast alle ausgefallen, ihr bleiches Gesicht sah müde aus.
„Hallo Naomi. Ich wollte nicht stören, falls du schlafen willst! Aber ich habe hier etwas total Verrücktes!“, sagte Ella und zog den Umschlag mit dem Gutschein heraus.
„Was ist denn das? Erzählst du es mir?“, fragte Naomi aufgeregt und ihre Augen leuchteten.
„Klar, ich erzähl dir alles ganz genau, aber es muss unter uns bleiben!“, antwortete Ella ihr und begann mit der Geschichte.
„Weißt du, ich bekam gestern Post von meiner Tante Melinda. Hier schau, dieses blaue Kärtchen war auch dabei. Das soll ein „Wunschgutschein“ sein. Damit kann ich mir wünschen, was ich will! Ich denke wirklich, dass das mit echter Zauberei zu tun hat! Doch als ich bei Tante Melinda im Altersheim anrief

und mich bedanken wollte und sie noch mal genauer nach diesem Gutschein fragen wollte, hieß es, sie sei vor drei Tagen gestorben…", erzählte Ella.
„Dann versuch es halt trotzdem! Du kannst dir doch die goldene Kette wünschen, die du haben willst!", rief Naomi begeistert.
„Nein! Ich denke, es gibt etwas viel Wertvolleres zu wünschen! Aber ich muss es noch herausfinden", antwortete Ella.
„Mir fällt bestimmt was ein, ich komme morgen wieder, ja?", sagte Ella. „Bis morgen, tschüss, denk an das Versprechen, dass du bald wieder gesund wirst!", sagte sie noch, während sie raus ging.
Auf dem Rückweg sah sie im Schaufenster die goldene Kette, doch sie würdigte sie nicht eines Blickes.
Den ganzen Abend überlegte sie, was sie sich wünschen sollte. Sie wusste, dass es etwas Unbezahlbares sein sollte. Sie schrieb alle Wünsche auf, strich sie jedoch alle wieder weg.
Als Ella gerade Fernsehen guckte, kam ihre Mutter herein. Sie hatte Tränen in den Augen. Dann sagte sie mit tränenerstickter Stimme: „Ella, ich habe schlechte Neuigkeiten…Naomi… es geht ihr immer schlechter!"
„Nein! Nein! Nein!", schrie Ella.
„Schätzchen, wir fahren schnell zu ihr, ja?" Ella weinte. Naomi durfte nicht sterben! Und wie ein Wunder, wusste Ella, was sie sich wünschen sollte… Sie steckte den Gutschein ein. Der Weg zum Krankenhaus dauerte lange, so konnte Ella sich ihren Wunsch gut überlegen.
Als Ella in Naomis Krankenhauszimmer stürzte, stand ein Kreis von Verwandten um Naomis Bett. Ella drängte sich durch, bis zu dem Bettrand. Naomi lag dort, schweißgebadet und zitterte.
„Hilf mir…E-Ella…", stotterte sie kraftlos.

„Ja, werde ich“, weinte Ella. Sie zog den Gutschein heraus und dachte ganz stark an ihren Wunsch. Minuten verstrichen. Ella hatte die Augen geschlossen. Und dann betrat der Arzt das Zimmer und schaute ganz verblüfft.
„Es ist ein Wunder geschehen!“, jubelte er. „Naomi, sie… sie ist plötzlich wieder gesund! Dass ist noch nie passiert! Ihr geht es wieder gut. Sie ist geheilt!“ Ella lächelte Naomi nur an, die sich im Bett aufgesetzt hatte. Sie weinte vor Freude. „Danke Ella!“, flüsterte Naomi und Ella wusste, dass Naomi ihren Wunsch erraten hatte.
Ella war sich seit diesem Tag sicher, dass sie sich den richtigen Wunsch gewünscht hatte. Nach einer Woche, in der Ella jeden Tag mit Naomi zusammen war, saßen die Mädchen in dem Café, tranken Ananas-Drinks und fanden anschließend auf Tante Melindas Brief noch einen Satz, den sie noch nicht gelesen hatten. „Wenn sich dein Wunsch erfüllt hat, Ella, dann besuch mich doch! Ich würde mich sehr freuen!“, stand darauf.
„Aber Tante Melinda ist schon gestorben!“, sagte Ella traurig.
„Na und? Wir besuchen sie einfach auf dem Friedhof!“, schlug Naomi vor.
Also besuchten Ella und Naomi Tante Melindas Grab. Jede der beiden Mädchen stellte eine Kerze auf den kalten Stein. Ella und Naomi grinsten wie Honigkuchenpferde. Beide beteten kurz vor dem Grab.
„Danke, Danke du hast meine beste Freundin vor dem Tod gerettet!“, flüsterte Ella.
Über den Wolken sah Tante Melinda nach unten. Sie lächelte. „Bitte, Ella. Keine Ursache“, flüsterte sie leise. Und daheim, in Ellas Zimmer löste sich die blaue Karte in Nichts auf. Ella brauchte nun keinen Wunsch mehr: Sie war das glücklichste Mädchen auf Erden, das stand fest.

Anna Ludwig

Illustration: Anna Ludwig

Manche Wunder bringt sogar die Post!

„Kinder“, rief Mutter Winter laut durchs Haus. „Ich mache gerade das Päckchen für Omas Geburtstag fertig, bringt ihr mir eure Geschenke auch, damit ich sie noch mit einpacken kann?“

Die 9-jährige Anna guckte ganz schön betreten, als sie im Zimmer ihres 7-jährigen Bruders stand. „Au backe, da habe ich Omas Geburtstag doch glatt vergessen! Hast du ein Geschenk, Paul?“

„Nein, du wolltest ihr doch ein Bild malen und ich hätte mit unterschrieben.“

„Da stehen wir jetzt aber ganz schön blöd da“, seufzte Anna.

Ganz leise schlichen sie die Treppe hinunter in die Küche, wo ihre Mutter bereits ungeduldig auf Omas Geschenk wartete, um das Paket endlich zumachen zu können.

„Ich sehe ja nichts in eueren Händen!“, fragend guckte die Mutter sie an.

„Das wird sicher nicht lustig!“, dachte sich Anna gerade noch, als ihr kleiner Bruder plötzlich zum Küchentisch sauste, aus der dort stehenden Obstschale, schwupps, eine Ananas herausnahm und sie der Mutter mit den Worten „Gestern im Unterricht hat uns die Lehrerin erzählt, wie gesund Obst sei“, in die Hand drückte und laut ausrief: „Das ist unser Geburtstagsgeschenk!“

„Du und Papa, ihr sagt doch immer, das Wichtigste, was Oma jetzt braucht, ist Gesundheit, alles andere hat sie schon, da bitteschön!“

Und mit seiner rechten Hand zeigte er noch einmal frech auf die Ananas. Da musste ihre Mutter erst tief Luft holen, über so viel Frechheit der beiden.

Da hatten sie doch einfach mal wieder etwas verschwitzt.

Aber diesmal ging es ihr doch zu weit.

Eigentlich wollte sie jetzt richtig lospoltern. Aber irgendwie war ihr das nicht genug, und so beschloss sie, ihre Kinder jetzt einmal wirklich das Ganze ausbaden zu lassen. Denn Oma würde sicher ganz schön sauer sein, wenn sie eine Ananas von ihren Enkelkindern zum Geburtstag bekäme.
Da wäre sicher eine zeitlang Schluss mit großzügigen Geschenken von der Oma! So beschloss Mutter Winter die Ananas noch schön einzupacken, und sie mit ins Paket zu legen und zur Post zu bringen.
„Das wird wirklich eine Überraschung!" lächelte sie und guckte dabei ihre zwei Kinder an. Denen war plötzlich irgendwie nicht mehr so wohl in ihrer Haut. Betreten schlichen sie davon.

Zwei Tage später.
Oma Wackenroth saß gerade bei Kerzenschein in ihrem Lieblingscafé, als Konditormeister Herbst aus der Backstube stürmte und laut und verzweifelt immer wieder rief: „Es ist alles aus, es ist alles aus!"
Auf die Frage der Oma, was denn los sei, stammelte er nur voller Verzweiflung, dass er eigentlich eine Ananassahnetorte als Hochzeitstorte für heute Nachmittag noch backen müsste. Die hätte sich die Braut unbedingt gewünscht. Aber - der Lehrling hatte vergessen, die Ananas einzukaufen und alle Geschäfte haben bereits geschlossen! Sein guter Ruf ist dahin. Er blamiere sich bis auf die Knochen. Vor allem, da die Eltern der Braut Stammkunden wären, die für ihr Hotel seit Jahren alle Kuchen, Torten, Brötchen und alles andere bei ihm kaufen würden.
Natürlich wusste da Oma Wackenroth auch keinen Rat.
So wollte sie schon die Bedienung zum Bezahlen rufen, als gerade der Postbote am Café vorbeikam und die Oma dort sitzen sah.

„Schön, Frau Wackenroth, dass ich Sie hier sehe, so muss ich nicht bis in den 4. Stock zu Ihnen gehen. Ich habe nämlich ein Päckchen für Sie."
Neugierig nahm sie es in Empfang.
„Von meiner Tochter und den Enkelkindern, sicher ein Geburtstagsgeschenk!"
„Da möchte ich jetzt aber auch wissen, was drin ist", flüsterte die Bedienung Oma Wackenroth zu.
„Naja, dann machen wir es eben gleich auf, ich bin ja schließlich auch neugierig, was ich bekomme."
Schnell war die Verpackung entfernt und der Deckel des Paketes geöffnet.
„Eine Ananas?", rief der Postbote, der auch noch dabeistand.
„Eine Ananas, wo?" „Das gibt es nicht, ein Wunder!", rief der Konditormeister Herbst ganz laut, der noch immer verzweifelt durchs Café lief.
„Natürlich, gucken Sie doch, im Paket von Oma Wackenroth", antwortete die Bedienung selbst noch leicht verwirrt.
„Die muss ich haben!!", ließ der Konditormeister keinen Zweifel daran, dass er die Ananas unbedingt benötigte.

Es brauchte keine lange Überredungskunst von ihm, dass ihm Oma Wackenroth die Ananas überließ. So schnell sah man ihn schon lange nicht mehr in die Backstube flitzen.

Zwei Stunden später, gerade als die Braut ihre Torte abholen wollte, kam er aus der Backstube mit einer Ananassahnetorte, wie sie ihm vorher noch nie gelang. Stolz übergab er sie der Braut, wünschte noch alles Gute und stieß einen tiefen Seufzer aus.

„Frau Wackenroth, Sie haben mich gerettet! Sie haben Kaffee und Kuchen frei, so lange sie jemals zu mir ins Café kommen!"

Dabei drückte und umarmte er die Oma ganz fest, die es einfach zu Hause nicht aushielt und deswegen immer noch im Café saß.

Am Abend, als sie längst zu Hause gemütlich auf dem Sofa saß, klingelte das Telefon bei Oma Wackenroth. Ihre Tochter war dran und wollte ihr noch persönlich zum Geburtstag gratulieren.
„Ach übrigens, sag meinen beiden Enkeln Paul und Anna morgen, die Ananas war das beste Geburtstagsgeschenk, das ich jemals bekommen habe. Ich habe Kaffee und Kuchen frei bis an mein Lebensende."

Da blieb es lange stumm am Telefon.

Svenja März

Illustration: Anil Camli

Ein neues Leben

Es war ein sehr heißer Tag, wahrscheinlich einer der heißesten des Jahres. Marias schwarzes Haar klebte in ihrem Gesicht, sie zupfte eine Strähne hinter ihr Ohr. Ihr Atem war schwer und stockend. Sie pflückte die nächste Ananas von der Wurzel und legte sie in den ziemlich schweren Korb, der an ihrem Rücken festgebunden war. Sie schleppte sich weiter durch die schwüle Hitze. Bald musste sie fertig sein, die Sonne neigte sich schon sehr nach Westen. Zwei Körbe hatte sie schon voll bekommen. Das war nicht viel, aber es reichte für den normalen Tageslohn. Sie ging zum Ende des Feldes, wo sie immer die vollen Körbe hinstellte. Dort wartete schon der Bauer mit seinem Lastwagen. Er suchte immer Kinder in Marias Alter, die ihm bei der Ernte helfen konnten, da er selber schon zu alt für die schwere Arbeit war.
Maria begrüßte ihn erschöpft und zeigte ihm die Körbe voll von Ananas, die er zufrieden betrachtete. Er nickte, gab ihr den Lohn und stellte die Ernte auf seinen Wagen. Maria strich sich den Schweiß von der Stirn, verabschiedete sich von dem Bauern und ging erschöpft nach Hause, in die Tiefen des Regenwaldes.

Maria mochte ihr Leben überhaupt nicht. Die Arbeit auf dem Feld machte sie nur ihrer Mutter zuliebe. Ihre vier Geschwister waren noch zu klein, um zu arbeiten, der Vater hatte eine schlecht bezahlte Arbeit in einem Café im nächsten Dorf, das 3 Kilometer von ihrem Zuhause entfernt war. Es war also wenig Geld da, um die Familie gut zu ernähren. Geld war aber nicht das einzige Problem von Maria: Ihr Vater schlug sie und ihre Geschwister oft wegen schlechter Arbeit im Haushalt oder wenn er schlecht gelaunt war. Maria hatte viele Narben am Rücken. Er hasste Maria. Und sie hasste ihn.

Illustration: Anil Camli

Sie wollte schon immer weg von zu Hause, doch sie wusste nie, wie sie das schaffen könnte. Nur einmal hatte sie ein Gefühl von Rettung in sich gespürt. Vor einem Jahr kam eine Gruppe von Menschen zu Maria nach Hause. Sie hatten hellere Haut und Haare als Maria und ihre Familie und hatten auch bessere Kleidung getragen. Maria hatte überlegt, warum diese Menschen hierher gekommen waren. Vielleicht wollten sie Maria mitnehmen, damit ihr elendes Leben endlich vorbei wäre.

Eine Frau hatte mit Marias Mutter gesprochen, aber so leise, dass Maria nichts verstehen konnte. Ihre Mutter hatte genickt und die Frau hatte einen Mann zu sich gerufen, der ein kleines Ding in der Hand hielt. Maria wusste nicht, was das war. Es klickte und ein grelles Licht blitzte durch den Raum. Maria erschrak und blinzelte mit den Augen, während sich die Gruppe von der Mutter verabschiedete.

Sie waren fort gegangen. Ohne sie mitzunehmen. Damit waren Marias Hoffnungen auf ein besseres Leben für immer zerstört worden.

Sie ging weiter durch den dichten feuchten Wald, an riesigen Bäumen vorbei, um die sich Schlangen wanden und auf denen viele Insekten krabbelten. Nach einer Stunde war sie endlich zu Hause angekommen.

Maria wohnte mit ihrer Familie in einer Lehmhütte, die sehr klein war. Es reichte zum Schlafen, Kochen und Essen. Als Dach dienten viele große Palmenblätter.

Maria ging durch die Tür und fand ihre vier Geschwister und ihre Eltern um eine große Kerze sitzen. Sie hatten die Hände verschränkt und beteten. Normalerweise sprach die Familie immer zusammen das Abendgebet. Warum warteten sie nicht, bis Maria zu Hause war?

„Hallo“, begrüßte Maria ihre Familie etwas verwundert, „was macht ihr da?“
Der Vater drehte sich zu Maria und starrte sie böse an. Schnell ging sie zu ihrer Mutter, die mit einem Lächeln ihre Tochter umarmte.
„Du hast Post bekommen“, sagte die Mutter und deutete zur Kerze. Maria sah, dass nahe bei dem Licht ein Umschlag lag. Sie sah ihre Mutter fragend an.
„Öffne ihn.“

Illustration: Maria Notkina

Maria griff sich den Brief, während ihre Mutter das „Vaterunser“ dreimal schnell murmelte, und riss ihn auf. Im Umschlag waren drei Dinge: zwei Seiten Papier und ein Bild. Das eine Blatt war bedruckt und Maria gab es sofort der Mutter. Sie konnte zwar lesen, aber den sachlichen Kram mit so merkwürdigen Wörtern verstand sie nicht. Sie nahm den anderen Brief, der war mit der Hand geschrieben. Aufmerksam las sie ihn sich durch. Die Person, die das geschrieben hatte, musste sehr glücklich sein. Sie berichtete von ihrer Familie, dass sie dreizehn Jahre alt war, genauso wie Maria, und dass sie in einem schönen Haus wohnte. Maria mochte schon gleich das Mädchen, das ihr geschrieben hatte. Sie sah sich das bei-

gelegte Foto an. Vor einem kleinen Haus standen das Mädchen und ihre Eltern und lächelten Maria an. Noch einmal las sie sich den Brief durch, doch ein Schluchzen unterbrach sie. Ihre Mutter hatte Tränen in den Augen. Maria hatte sie schon oft weinen sehen, meistens weil der Vater die Kinder geschlagen hatte. Doch diesmal wusste sie überhaupt nicht, warum ihre Mutter angefangen hatte zu weinen. Hing das etwa mit dem Brief zusammen? Und überhaupt, was hatte dieser Brief eigentlich für eine Bedeutung? Warum hatte dieses Mädchen von ihrer Familie geschrieben? Wollte sie vor Maria angeben? Sie legte ihre Hand auf die Schulter der Mutter, die aufsah und - was Maria überraschte - lächelte.
„Mama“, sagte Maria vorsichtig, „was ist?“
„Ich bin grad so glücklich“, schluchzte die Mutter, „du kannst zu dieser Familie nach Deutschland.“
„Deutschland? Wo ist das?“
„Weit weg von hier.“
„Gut so“, sagte der Vater mürrisch, stand auf und ging zur Tür, „ein Problem weniger. Wenigstens ist dann mehr zum Essen da.“
Er ging aus dem Haus und Maria kochte vor Wut. Jetzt reichte es. Sie hatte die Nase voll davon, sich von ihrem verhassten Vater schikanieren zu lassen. Wütend wollte sie ihm hinterher rennen und ihm mal die Meinung sagen, doch die Mutter hielt sie zurück.
„In dem Brief steht, dass du in Deutschland zu dieser Familie kannst“, erklärte sie, „weg von diesem schlechtem Leben, das wir dir hier bieten. Sie kümmern sich um dich, bis du erwachsen wirst. Du kannst dort zur Schule und danach studieren. Dann kriegst du eine gute Arbeit.“
Das konnte nicht sein. Das war unglaublich. Ein Wunder. Marias Hoffnung hatte sich erfüllt. Sie konnte weg aus diesem

Regenwald, aus dieser Lehmhütte, von ihren Geschwistern, vom Ananasfeld und von ihrem Vater.
Sie umarmte ihre Mutter und jetzt flossen auch ihr Tränen über die Wangen.
„Aber warum ich, Mama“, fragte Maria nach einiger Zeit.
„Kannst du dich noch an die Menschen erinnern, die mal hier waren und Fotos gemacht haben?“
Maria nickte. Daran konnte sie sich noch gut erinnern. Fast so, als ob es gestern gewesen ist.
„Das war eine Hilfsorganisation für Kinder, die für ihre Familie arbeiten müssen. Sie suchen in allen Ländern der Welt Kinder, die arbeiten, und versuchen, sie von dieser Arbeit zu befreien.“
„Geht das bei jedem Kind?“, fragte Marias zehnjährige Schwester.
Die Mutter schüttelte den Kopf.
„Wir haben großes Glück, dass Maria weg kann. Aber bei allen kann man das nicht machen.“
In dem Moment dachte Maria an die Kinder, die immer noch arbeiten mussten. Sie taten ihr leid.

Zwei Monate später:
Sommer, 2008

Liebe Mama,
am Freitag bin ich gut in Deutschland angekommen. Meine Familie hatte schon sehnsüchtig auf mich gewartet und begrüßte mich ganz lieb. Der Vater konnte sehr gut Spanisch und hat sich mit mir unterhalten. Er meinte, ich komme auf eine Schule, wo man sehr intensiv Deutsch lerne. Am Montag ist mein erster Schultag. Ich bin schon gespannt darauf, wie der Unterricht wird.

Das Haus ist echt schön und vor allem groß, nicht so, wie unsere Lehmhütte, und ich habe mein eigenes Zimmer! Ich bin so glücklich hier. Das Mädchen heißt Hannah und sie hat mir ihren Comtuper (oder Computer - wie das Ding auch immer heißt) gezeigt. Echt toll!
Trotzdem vermisse ich dich sehr und die anderen (bis auf Vater vielleicht) auch. Ich hoffe, dass es euch gut geht.
Bitte schreib mir, sobald du kannst, zurück.
Deine Maria

PS: Gib den Brief bitte nicht Vater, er würde ihn vor Wut zerreißen.
Ich vermiss dich.

Christina Maxeiner, Mitglied von Mimikry Junior

Dino und Libelle

Es war einmal ein kleiner Dinosaurier, der noch nie in seinem ganzen Leben gelacht hatte. Er hatte aber auch keine Freunde, nur eine kleine Libelle.
Eines Tages sagte die Libelle: „Komm, wir laufen zum Meer!“ Der Dino willigte ein und die beiden machten ein Wettrennen zur Küste. Dort stand ein kleines Café, das von Anna Nass betrieben wurde. Die beiden Freunde aßen mit Vergnügen ihre Ananastörtchen.
Anna sagte zu den beiden: „Habt ihr meine Buntmarder schon gesehen? Sie heißen Wawa, Dada und Wase.“ Frau Nass führte Dino und Libelle zu den Buntmardern, die freudig herumsprangen. Nach einer Weile waren die Marder müde geworden und Dino ging mit Libelle von dem Café zur Post. Neben ihr war auch ein Kerzenladen, in dem Dinos Mutter arbeitete.
Und dort passierte das Wunder: Als Libelle und Dino der Frau mit den Kerzen ihr kleines Erlebnis erzählten, lachte Dino seit langer Zeit wieder.

Jakob Miehling

Illustration: Katharina Rupprecht

Ein verhängnisvolles Geburtstagsgeschenk!?

Heute ist ein großer Tag für Lilli Orlando, ihr 10. Geburtstag! Wie lange hatte Lilli diesen Tag herbeigesehnt und endlich ist er da! Um Punkt 8 Uhr springt sie aus dem Bett und läuft nach unten ins Wohnzimmer, wo Mama und Papa damit beschäftigt sind, Luftballons aufzuhängen. Als sie Lilli bemerken, unterbrechen sie ihre Arbeit und nehmen Lilli fest in die Arme: „Guten Morgen, mein Schatz, und alles Gute zum Geburtstag!“, rufen sie beide im Chor. „Darf ich jetzt die Geschenke auspacken?“, fragt Lilli ungeduldig. Mama lacht: „Geduld, Kind! Wir haben doch vereinbart, dass wir dieses Jahr Deinen Geburtstag im Café Wiedmann feiern und Du dort Deine Geschenke bekommst!“ „Och menno. Kann ich nicht ein Gesch…?“ „Also gut. Oma Hanna kann eh nicht kommen, deswegen hat sie Dir per Post einen Brief und ein Paket geschickt. Ich denke, das kannst Du auspacken. Aber in einer Stunde fahren wir ab!“ Lilli nahm von ihrer Mutter das Paket entgegen und ging damit in ihr Zimmer. In dem Brief hatte ihre Oma geschrieben:

Liebe Lilli,
hiermit übertrage ich Dir eine große Verantwortung über das wohl Wertvollste, was ich je in meinem Besitz hatte. Du darfst es nie öffnen oder aus dem Haus bringen. Du verstehst meine Worte nicht, aber bitte tue genau das, was ich Dir jetzt sage: Bringe es auf den Speicher, verschanze es hinter Kartons und Gerümpel. Schließe den Speicher ab und lass den Schlüssel nie aus den Augen. Ich bin zu alt dafür, den Schatz zu hüten und finde mit zehn Jahren bist Du alt genug dafür.
In Liebe,
Deine Oma Hanna
P.S. Erzähle niemandem davon!

Als Lilli den Brief zu Ende gelesen hatte, brauchte sie Zeit, um den Inhalt zu verstehen und zu verdauen. Jetzt war sie gar nicht mehr erpicht darauf, das Paket aufzumachen, aus Angst vor seinem Inhalt.
Schließlich griff sie doch zur Schere und trennte mit zitternden Fingern den Tesa auf.
Heraus kam eine schwarze Schachtel und darin befand sich eine ebenso schwarze Ananas. Sie war kleiner als eine normale Ananas, aber doch größer als ein Broccoli. Sie schien aus Diamant zu sein und es war zu erkennen, dass man sie aufklappen konnte. Lilli erinnerte sich an die Warnung ihrer Großmutter, die Ananas nicht zu öffnen, aber sie sah so spannend aus, dass Lillis Hände sie schon aufgeklappt hatten, bevor sie überhaupt kapierte, was los war. Im Innern der Ananas befand sich eine Kerze, die fast noch schwärzer war als die Ananas selbst. Daneben ein winziges Feuerzeug. Lilli konnte nicht anders. Die Kerze hatte etwas Anziehendes, fast Befehlendes. Und sie „befahl“ Lilli, sie anzuzünden. Widerwillig gehorchte Lilli dieser Macht und ein paar Sekunden später loderte eine silbrig-schwarze Flamme auf. Lilli war fasziniert von der Flamme. Sie war so wunderschön! Langsam formten sich Buchstaben am Boden der Ananas:

Fällt der erste Tropfen Wachs,
sprich schnell das Wort „Mendax“.
Denn sonst kann es sein,
dass du fort getragen wirst allein.

Aber noch während sie das las, tropfte etwas Wachs auf den Boden der Ananas. Als Lilli das bemerkte und schnell „Mendax“ rufen wollte, fiel schon ein weiterer Tropfen zu Boden. Plötzlich setzte heftiger Wind ein, der an Lillis Haaren zerrte und an ihrem Körper rüttelte. Er wurde immer stärker, riss Lilli in die Luft, sie begann zu schreien, aber es nützte nichts. Der Wirbelsturm schüttelte sie rücksichtslos und warf sie immer wieder hoch. Lilli schnappte nach Luft und wusste nicht mehr, wo oben und unten ist, und wollte sich nur noch in die Arme ihrer Mutter kuscheln. Jetzt begann es allmählich ruhiger zu werden. Der Sturm ließ nach und schließlich hörte er ganz auf, und Lilli plumpste hart auf den Boden. „Aua!“, schimpfte sie, riss die Augen auf und erstarrte. Ein kleines Männchen hockte auf ihrem Bauch und grinste dämlich. Eigentlich wollte Lilli schreien, aber der Gesichtsausdruck des Männchens war so freundlich, dass sie es doch nicht tat. „W-wer bist du?“, stammelte das Mädchen! „Warum musstest Du auch die Kerze anzünden? Jetzt sieh zu, wie Du wieder in Deine Zeit zurückkommst!“, krächzte es und wollte davon hüpfen. „Warte mal! Was meinst Du damit, wie du wieder in deine Zeit zurückkommst?“, fragte Lilli verwundert. „Na, Du bist hier in der Vergangenheit, Kindchen!“ „I-ich bin waaaaas?!“ Lilli war fassungslos. Entweder der Zwerg war verrückt oder es war ein böser Traum. „Was soll ich jetzt tun?“, fragte sie. „Dich vor dem Asmoreye hüten und das Rätsel lösen!“, antwortete der Zwerg mit einem spöttischen Gesichtsausdruck. „Ich soll mich vor wem hüten?“ Das Männchen verdrehte die Augen. „Also“, begann es, „wer die Kerze anzündet und nicht rechtzeitig das richtige Wort sagt, wird hierher gebracht. Um wieder in die eigene Zeit zurückzukommen, muss er das Rätsel lösen, das er finden wird, und wird auf die gleiche Weise in seine Zeit gebracht, wie er hierher gekommen ist, oder, und dieser Weg ist nicht angenehm, Du begegnest durch Zufall Asmoreye, dem zweiköpfigen Biest, eine Kreuzung zwischen Drache und Rabe, der die Ananas begehrt und musst zuerst diesen besiegen. Auch, wenn Du nur kurz seine Schwanzspitze siehst. Sobald Du ihm einmal begegnet bist, musst Du mit ihm kämpfen.“ Lilli musste schwer schlucken und hatte einen dicken Kloß im Hals. „Und es gibt wirklich keine andere Möglichkeit?“ „Nein!“, sagte das Männchen entschieden. „Da musst Du durch. Es führt kein Weg daran vorbei.“ „A-also gut. Aber wohin muss ich gehen?“ „Hier hinein!“ Der Zwerg schob einen schweren Stein von einem Loch in der Wand des kleinen Zimmers, worin sie sich befanden. „Das ist der Tunnel der Wahrheit“, erklärte er. „Da musst Du durchgehen. Eigentlich bin ich froh, dass Du gekommen bist. Ich wurde dazu beauftragt, den Tunneleingang zu bewachen, bis jemand wegen der Ananas hierher gebracht wird. Den sollte ich reinlassen und es war so langweilig, bis Du gekommen bist.“ Lilli lächelte unsicher. „Warum will dieser Asmo Dingsbumms die Ananas?“, fragte sie zögernd. „Er begehrt sie, weil es heißt, dass, wenn man die Kerze herausbricht und aus ihr einen Sud kocht, erhält man ewiges Leben, wenn man ihn trinkt. Aber jetzt geh endlich!“ Das Männchen gab ihr die Ananas zurück, die es die ganze Zeit in den Händen gehalten hatte und deutete in den Tunnel. Lilli atmete noch einmal tief durch und schritt dann in den langen Gang.

Nach wenigen Schritten wurde es etwas heller in dem dunklen Gemäuer. Gerade so, dass Lilli den Weg sehen konnte, den sie ging. Nach weiteren 100 Schritten sah sie, warum es heller geworden war: eine leuchtende kleine Silberschale. Lilli beugte sich über sie und erkannte Buchstaben am Schalengrund:

Errate das eine Wunder der Menschheit, das in diesem Jahr geschah,
sonst wird es nicht wirklich, sonst wird es nicht wahr,
es wird dir auch nützen, es wird dich auch schützen.

Lilli wusste nicht, was sie davon halten sollte. Sie wusste ja nicht mal, welches Jahr gerade war! Mutlos ging sie weiter. Wieder wurde es heller, doch diesmal ging das Licht von einer riesigen leuchtenden Zahl aus. Es war eine 1. Sie ging weiter und hörte ein bedrohliches Grummeln. „Asmoreye!“, schoss es ihr durch den Kopf. Panisch lief sie weiter, vorbei an einer riesigen 9, einer ebenso riesigen 6 und noch mal einer 9. Dann blieb sie stehen.

„Moment mal!“, dachte sie. „Errate das Wunder, das in diesem Jahr geschah? Und dann die Zahlen: 1-9-6-9? Ja natürlich! Ich bin im Jahr 1969! Und ich glaube, ich hab neulich gelesen, dass…“ Ihr Gedankengang wurde von einem Brüllen unterbrochen. Kurz darauf sah Lilli zwei große Köpfe auftauchen: Asmoreye!

Lilli war wie gelähmt. Asmoreye kam immer näher und näher und näher. Ihr war klar, dass er die Ananas wollte, aber die durfte er nicht bekommen! „Das Wort wird dir nützen, das Wort wird dich schützen. Denk nach, Lilli!“, ermahnte sie sich. „Was ist 1969 passiert?“ Lilli sah eine Rakete vor ihrem inneren Auge, dann die Worte „Mond“ und „Neil Armstrong“. Plötzlich fiel ihr ein, was in diesem Jahr passieren sollte: die erste menschliche Mondlandung! Lilli wusste, dass sie es aussprechen musste: „Mondlandung!“ schrie sie so laut sie konnte. Asmoreye erstarrte, verschwand aber nicht. Lilli rief es immer wieder: „Mondlandung, Mondlandung!“ Jetzt begann Asmoreye zu Staub zu zerfallen!

An Lilli rüttelte wieder der Wirbelsturm. Sie wurde wieder in die Luft geschleudert und hin und her geworfen…

„Lilli! Lilli, wach auf!“, rief jemand. Sie blinzelte. Mama war über sie gebeugt, hielt die Autoschlüssel in der Hand und war fertig angezogen. „Was ist passiert?“, murmelte Lilli schlaftrunken. „Du musst eingeschlafen sein und Du hast immer noch nicht Oma Hannas Paket ausgepackt. Wir müssen jetzt fahren, also zieh Dich schnell an!“ Dann rauschte Mama davon. Lilli gähnte herzhaft. „War es wirklich nur ein Traum gewesen?“ Lilli hatte den Brief von Oma in der Hand:

Liebe Lilli,
herzlichen Glückwunsch zu Deinem Geburtstag! Leider kann ich nicht kommen,
aber dafür hab ich Dir ein extra großes Paket geschickt.
Ich hoffe, es gefällt Dir!
Liebe Grüße von Oma

Lilli musste lachen vor Erleichterung. Keine Zauberananas, kein furchtbarer Asmoreye. Sie seufzte glücklich und dann verschwand sie im Badezimmer.

Daniela Müller

Ein sehr menschlicher Engel

Arima saß auf seinem Fensterbrett, sah hinaus in das eintönige Herbstgrau und knabberte getrocknete Ananasscheiben. Jeden Tag dasselbe. Regen, Regen und noch mehr Regen. Das waren ja tolle Ferien, gestern erst hatten sie begonnen und ihm war jetzt schon langweilig. Seine Freunde waren in den Urlaub gefahren, doch er konnte das nicht, da seine Eltern in dem kleinen Café der Familie arbeiten mussten. Er wollte gerade aufstehen, um sich mehr Ananasscheiben zu holen, als seine Mutter ins Zimmer kam. „Es ist Besuch für dich da!“ sagte sie, sah ihn an und ging wieder hinunter ins Café. Arima atmete tief durch und lief die Treppe hinunter zur Tür. Erstaunt blieb er im Türrahmen stehen und sah die Person da draußen an. Im ersten Augenblick sah sie genauso grau aus, wie die Umgebung, aber beim genaueren Hinsehen bemerkte man, dass in dem weiten, schwarzen Regenmantel ein rothaariges Mädchen steckte, das ihn schüchtern anlächelte. „Du bist Arima?“ fragte es vorsichtig. „Ja“, antwortete Arima unsicher. „Wer bist du?“ „Das tut nichts zur Sache, ich wollte dir nur deine Post geben!“ Das Mädchen kramte in seiner Umhängetasche, die mit Briefen gefüllt war und gab einen davon dem Jungen, der ungläubig dreinblickte. Das Mädchen zwinkerte, drehte sich um und ging die Straße entlang. Kurz dachte Arima, die Spitzen von Engelsflügeln zu sehen, aber gleich nachdem das Mädchen aus seinem Blickfeld entschwunden war, schalt er sich, so etwas zu denken wäre blödsinnig, denn kein Mensch hätte Engelsflügel! Der Junge ging die Treppe hinauf und sperrte sich in seinem Zimmer ein, damit er in Ruhe den Brief lesen konnte, den das Mädchen ihm gegeben hatte. Er warf sich auf sein Bett und öffnete mit zitternden Händen den Umschlag, der weiß zu leuchten schien. Das roséfarbene Papier war sorgsam gefaltet. Arima faltete es auseinander und las: „Lieber

Arima, lies und verstehe! Es geschehen noch Zeichen und Wunder!" Das restliche Papier war mit Zeichen gestaltet. Arima wunderte sich. Das schien ja noch spannend zu werden! Langsam und in Gedanken versunken legte Arima den Brief zur Seite. Er überlegte. Wer oder was war das Mädchen gewesen? Es war wirklich seltsam. Am Abend ging Arima mit dem Brief zu seiner Mutter, um sie zu fragen, ob sie wisse, was diese Zeichen bedeuteten. „Ja!" sagte sie und riss erstaunt die Augen auf. Das ist sicher etwas mit Zitronensaft oder so geschrieben!" Arima war erstaunt. Er ging in sein Zimmer, kramte eine Kerze hervor, zündete sie an und hielt das Blatt mit genug Abstand zur Flamme darüber. Nach kurzer Zeit entpuppten sich die Zeichen als falsch herum. Arima dreht das Blatt um und las: „Liebe Grüße, Gott." Er lächelte und jetzt wusste er auch, wer das Mädchen gewesen war! Ein Engel, ein sehr menschlicher Engel!

Tamara Nagalo

Die Killer-Ananas

Es war einmal eine Ananas, die lebte im Garten einer Familie in Chicago. Als es Nacht wurde, sah sie den Vollmond und verwandelte sich in eine Killer-Ananas. Sie sah aus wie ein Halloween-Kürbis mit einem gruseligen Gesicht und mit einer leuchtenden Kerze darin. Die Killer-Ananas rannte ins nächstliegende Café und fraß alle Gäste auf. Plötzlich sprang ein kleiner Junge mit einem Plastikmesser vor die Ananas. Er kämpfte mit der Ananas und schnitt ein Loch in ihren Rücken. Wie ein Wunder lebten die Menschen in ihr noch. Sie krochen heraus und schubsten die Ananas in einen Karton.

Die Ananas schrie verzweifelt, doch die Menschen ließen nicht mit sich reden und schickten sie per Post in eine Saftbar in die Sahara. Dort wurde sie zur Herstellung eines neuen Getränks namens „Crazy-Killer-Smoothie" verwendet.

Maria Pawellek

Illustration:
Alper Kaymak

Der Diamant der Ananasgöttin

„Luigis neues Café. Eröffnung am 2.7.08“, staunend stand ich vor der Tür eines kleinen Eiscafés, mitten in der Stadt. „2.7., oh, das war ja gestern, na da geh ich rein“, meinte ich entschlossen. Die Inschrift: „Eis, so viele Sorten wie nur möglich“ hatte mich dazu überredet.
Kurz darauf betrat ich den kleinen Laden, in dem bereits ein paar Gäste saßen. Ein Einzeltisch im hintersten Eck kam mir gerade recht, um meinen Lieblingskrimiband von den Superschnüfflern zu lesen. Zum 4. Mal! Die Tischplatte war verstaubt und die Wände sahen so aus, als hätte ein ganzer Spinnenstaat jahrelang die Zeit mit Netze spinnen verbracht.
„Einen Apfelstrudel und einen großen Ananasdrink, bitte“, rief ich einem Kellner zu, der nichts besseres zu tun hatte, als einen Lottozettel nach dem anderen auszufüllen. „Na hoffentlich ist der nächstes Jahr hier angekommen“, dachte ich. Doch er schaute mich nur starr an. Bei diesem eisigen Blick, wäre es kein Wunder, dass einem das Blut in den Adern gefriert.
Langsam schritt der Kellner auf mich zu. Dabei sah er fast arrogant aus. Er stellte mir meine bestellten Sachen auf den Tisch. „Weißt du, dass du an einem verfluchten Tisch sitzt?“ fragte der Mann mich mit einer tiefen, schaurigen Stimme. Geschockt zuckte ich zurück. Langsam fing der Kellner an zu erzählen. Er redete von Zauberern, bösen Hexen und Kobolden. Ich merkte nicht, dass der Mann mir das alles sagte, um mich anzulocken. Doch plötzlich verwandelte er sich vor meinen Augen in einen kleinen Kobold, mit runzeliger grüner Haut. „So, jetzt weißt du alles. Hilfst du uns, die böse Hexe Malizia Pfefferminz vom gesamten Sahnetortenland fern zu halten, bitte !?!“, bei diesen Worten sah mich der Kobold bittend an. Ich konnte einfach nicht Nein sagen: „Ok!“ Plötzlich flammte ein greller violetter Blitz auf, welcher mich und

den Knirps wie ein Strudel einzog. Etwas unsanft landete ich in einem weißen Raum, der nur durch eine Kerze erhellt war. „Oh, das ist mir jetzt aber peinlich, es war der falsche Zauber, hähä“, beschämt lief der Kobold rot an. Sofort saugte mich erneut ein Strudel ein und ich fiel diesmal auf eine weiche Wiese, die irgendwie nach Ananas roch. Statt Blumen blühten auf dem giftgrünen Gras tausende, ach was hunderttausende Lollis. Es gab einfach jede Sorte. Von Erdbeer- bis hin zu Ketchupkaramellcremetorte mit lila Zuckerwatte.
Aber mein T-Shirt hatte keine Taschen und meine Jeans war mit leckeren Bonbons überfüllt, die ich eben aufgehoben hatte. Außerdem ließ der komische Kobold, der Tortelini heißt, gar keine Zeit. Dabei hätte ich doch so gerne ein paar Lutscher gehabt. Tortelini steuerte geradewegs auf ein Haus aus Traubenzucker und Nugatschokolade zu. „Hallo Tortelini, die Königin will dich sehen, ich sehe, du hast jemanden mitgebracht. Kommt rein, ich mache euch Tee!“, lachend stand eine Frau in der Tür. Als ich das Haus betrat, stürmten mir zwei Kinder entgegen. Das Mädchen war etwa 6 Jahre alt und ihr kleiner Bruder 4 Jahre alt. Nach einiger Zeit lag ich im Bett, denn es war schon dunkel. Tina, die Besitzerin dieses Hauses, erzählte mir, dass in der Zeit, in der ich hier bin, die Zeit meiner Welt still steht. Bald schlief ich ein. Am nächsten Morgen wurde ich durch den Ausruf „Die Post ist da“ geweckt. Ein Postbote spazierte am Haus vorbei. Ein wenig später war ich auf dem Weg zur Königin Sarah, denn sie wollte mich und Tortelini sehen. Der Palast war riesig und bestand aus Sahne und Zimtkuchen. In einer bunten und belebten Halle empfing mich die Königin. Sie erzählte mir von einer bösen Hexe namens Malizia Pfefferminz, die unbedingt einen Diamanten haben wollte, der seit langer Zeit im Besitz der königlichen Familie ist. „Ja, jetzt sollst du uns helfen, die böse Hexe mit Hilfe deiner Zauberkräfte so zu verwandeln, dass sie keine Gefahr für

uns ist. Die Zauberkräfte hast du schon, denn jeder Mensch, der hier her kommt, hat größere Kräfte als zehn Hexen zusammen. Die Kräfte hast du aber nur hier", so beendete Sarah ihre Geschichte.

Mit riesigen Augen schaute ich die Königin an. Ich sollte von der fiesen Hexe Malizia einen Diamanten, der normalerweise in der Hand der Ananasgöttin liegt (aber diese Göttin ist ja nur eine Statue) zurückholen. Verwirrt von der ganzen Sache, sagte ich einfach: „Ja, ich machs, doch wann?" „Wenn es geht, sofort", antwortete Sarah bittend. Tja, jetzt blieb mir nichts anderes übrig, als loszugehen. „Hab keine Angst, sie wird dir nichts Böses tun, das verstößt gegen ihre Hexenehre", doch durch diese Worte machte mir Sarah auch keinen Mut. Nachdem mir alle viel Glück gewünscht hatten, flog ich auf einem roten Delphin bis zum Schloss von Malizia Pfefferminz. Elf Türme reichten bis zu den Wolken hoch. Der zwölfte war klein und an ihm hing eine kleine Flagge mit 13 Totenköpfen. Zitternd stieg ich bis ans Tor, wo zwei Skelette standen.

„Schnell", rief ich ihnen zu, „dahinten machen sich Fledermäuse über euch lustig." Auf der Stelle rannten beide Skelette weg. Leise konnte ich ins Schloss. Alles war still. Vorsichtig lief ich eine Treppe hoch. Am Ende eines sehr langen Ganges war Malizias Schlafzimmer. Inzwischen war es schon dunkel geworden und die Hexe schlief schon. Vorsichtig schlich ich in das Zimmer. „Der Diamant, ups", schnell hielt ich mir die Hände vor den Mund. Malizia schreckte hoch. Blitzschnell versteckte ich mich. „Ist da jemand?", fragte sie, während ihre Augen durch den Raum blickten. Langsam setzte ich einen Fuß vor. Plötzlich sprang Malizia Pfefferminz auf und sagte: „Ah, ein Mensch, was willst du?" Starr vor Angst trat ich hervor.

„Den Diamanten will ich!", schrie ich sicher. Ich versuchte meine innere Magie zu finden.

Ich richtete beide Hände auf Malizia und ein violetter Blitz traf sie. Augenblicklich wurde sie zu einer hässlichen Kröte. Der Diamant kullerte mir zu den Füßen. Als ich ihn aufgehoben hatte, rannte ich aus dem Schloss und flog auf dem Delphin zurück. Jubelnd empfing mich das ganze Volk vom Sahnetortenland. „Ich danke dir, du hast uns alle gerettet“, meinte Sarah. Doch plötzlich saß ich wieder auf dem Stuhl im Café. Traurig dachte ich, dass alles nur ein Traum war. Aber was war in meinen Taschen? Ein Sahnekäseerdbeertorten-Bonbon lag auf meiner Hand. War doch nicht alles ein Traum…

Julia Peters

Schwesternwunder

Der Regen

Es war einer dieser grauen Regentage, an denen man nur herumhängt. Ich kaute müde auf meinem Bleistift und starrte aus dem Fenster. Eigentlich sollte ich ja die Deutschhausaufgaben machen, aber das nervtötende „Platsch!“ der Regentropfen lenkte mich ab. Ich verließ meinen Platz am Schreibtisch und wanderte durch das trostlos wirkende Haus. Ich kam zum Zimmer meiner Schwester. Sie war ein Jahr älter als ich, trotzdem hatten uns unsere Eltern zur gleichen Zeit eingeschult, sodass wir jetzt - zum Glück - in der gleichen Klasse waren. Wir verstanden uns sehr gut, waren sogar beste Freundinnen, und die Bekannten unserer Eltern sagten immer, das wäre ein Wunder. Aber meine Schwester Marie war noch nicht zu Hause, sie hatte noch Theater-AG. Dennoch betrat ich ihr Zimmer und knipste das Licht an. Maries Zimmer war total ordentlich, nichts lag am falschen Platz. Das Bett war gemacht, die Kleider hingen ordentlich im Schrank, und auf ihrem Schreibtisch befanden sich nur drei Stifte: ein Bleistift, ein Füller und ein Kugelschreiber. Ich trat weiter in das Zimmer hinein und bemerkte etwas Ungewöhnliches. Marie hatte anscheinend vergessen, die Post auf ihrem Schreibtisch in die Schublade zu tun. Neugierig ging ich näher und betrachtete den Brief genauer. Er war von Mama an Marie. Meine Mutter war gestern nicht von der Arbeit zurückgekehrt.

Der Brief

Es war ein grauer, verregneter Herbsttag, und ich ging von der Schule nach Hause, im Gegensatz zu meiner Schwester hatte ich noch Theater-AG gehabt, doch es hatte mir keinen Spaß gemacht. Überhaupt machte mir seit gestern nichts mehr Spaß. Und dafür gab es einen guten Grund. Auch meiner Schwester ging es so. Doch zum Glück hatten wir einander. Ich kam zu Hause an und ging sofort in mein Zimmer. Dort stand Ivy und starrte auf den Brief von Mama, der noch auf meinem Schreibtisch lag. „Ich wollte auf dich warten“, sagte ich. „Du kannst ihn ruhig öffnen. Ich glaube aber, dass du auch einen hast.“ „Meinst du?“, fragte Ivy mich skeptisch und fügte dann hinzu: „Dort habe ich aber nichts Außergewöhnliches entdeckt.“ „Kein Wunder!“, sagte ich im Hinausgehen. In Ivys Zimmer angekommen, wühlte ich mich durch die Unordnung und fand nach wenigen Handgriffen den Brief. Triumphierend ging ich zurück in mein Zimmer und gab ihn Ivy. Dann öffnete ich meinen eigenen und las:

Liebe Marie,

du fragst dich wahrscheinlich, warum ich weggegangen bin. Doch diese Frage kann ich dir nicht so einfach beantworten. Was ich dir sagen kann, ist, dass ich erst zu einer Zeit zurückkomme, zu der etwas Bestimmtes passiert ist. Was für euch von großer Bedeutung sein wird, ist, dass ihr ab eurem 18. Lebensjahr Magie wirken könnt. Ja, ich weiß, dass das überraschend kommt, ich wollte es dir eigentlich auch anders mitteilen, doch durch meinen Weggang... Ich hinterlasse dir jedoch nicht nur diesen Brief, sondern euch beiden auch cinen magischen Raum. Die Türen zu diesem öffnen sich, indem du deine rechte, und Ivy ihre linke Hand unter eure Bilder legt, die ich euch geschenkt habe, und zwar gleichzeitig. Ihr müsstet dann eure Hände durch die Wand hindurch spüren.

In Liebe, Deine Mutter

P.S.: Ivy müsste auch einen Brief bekommen haben.

P.P.S.: Auch ich bin eine Magierin.

Ich blickte auf Ivy’s Brief und sah, dass Mama ihr etwas ganz Ähnliches geschrieben hatte.

Das Zimmer

Als Marie mich mit strahlenden Augen anschaute, wusste ich sofort, was sie dachte. Ich rannte zurück in mein Zimmer und legte meine linke Hand unter das Bild. Marie machte genau dasselbe und in beiden Zimmern öffnete sich eine Tür. Ich ging vorsichtig darauf zu. Aus dem geheimnisvollen Zimmer kam ein gleißendes Licht. Dann hörte ich einen erschrockenen Ausruf. Da Marie anscheinend in den magischen Raum gestolpert war, trat auch ich durch die Tür. Direkt hinter mir schloss sie sich wieder. Marie und ich schauten uns fassungslos um. Die Wände des Raumes waren golden und mit zahlreichen Regalen gespickt. „Hi!", eine Stimme erklang. Wir wichen sofort zurück. Mein Gott, wir waren in einem magischen Zimmer, wer wusste schon, was uns hier erwartete? „Ooh, wie dumm seid ihr eigentlich?", schon wieder war diese leicht spöttische Stimme zu hören. „Hmm, habt ihr etwa Angst?", jetzt war die Stimme eindeutig genervt: „Okay, jetzt kommt die Wegbeschreibung: Gehen Sie 15 Meter nach vorne und ziehen Sie den Vorhang beiseite." Als Marie und ich zögerlich der Aufforderung nachkamen und den Vorhang beiseite zogen, schaute uns ein Mädchen aus einem Spiegel an, das ungefähr in unserem Alter war. Sie saß auf einem Hocker und betrachtete uns kritisch. „Wie kommt es, dass du im Spiegel bist?", fragte ich vorsichtig. „Ganz einfach, ich wurde in den Spiegel gesperrt. Vor ungefähr einem Jahr. Nein, es war nicht eure Mutter!", beantwortete das Mädchen meine Frage, bevor sie sich wieder ihren frisch lackierten Fingernägeln zuwandte: „Findet ihr nicht auch, dass diese Farbe mir steht?" „Weißt du", oh, wie ich einen so abrupten Themenwechsel hasste, „wir können auch einfach den Vorhang wieder zuziehen, wenn du das willst?", giftete ich. „Wartet mal", meine Schwester stoppte einen Streit immer schon im Ansatz: „Beruhigt euch beide einfach mal. Nein Ivy, sag jetzt nichts dazu.

Und du...Wie heißt du eigentlich?“ Ich klappte meinen Mund wieder zu und hörte gespannt auf den Namen des Mädchens. „Ich bin Joanna, und außerdem der Lehrling eurer Mutter!“, sagte sie und fügte dann hinzu: „Und wie heißt ihr?“ Ich war noch so sehr damit beschäftigt, mich zu zwingen nicht zu kichern, was ich jedoch nicht schaffte, dass Marie antworten musste: „Ich bin Marie und das ist meine dumme kleine Schwester Ivy.“

Das „Gefängnis“

Ivy war so dumm gewesen und hatte Joanna gleich zu Beginn provoziert, sodass ich als erstes einen Streit hatte schlichten müssen, und dann hatte sie wieder einmal angefangen zu lachen, bloß weil sie einen Namen gehört hatte. Sie hat so eine Angewohnheit, alle Namen, die sie hört, immer mit einer Sache in Verbindung zu bringen. So wohl auch diesmal. Ich seufzte. Dann sagte ich, um das Gespräch auch ohne Streit in Gang zu halten: „Was machst du eigentlich so den ganzen Tag im Spiegel?“ „Das kann man einfacher zeigen als sagen. Seht her!“ Und dann begann sie immer abwechselnd mit den Fingern der rechten und linken Hand zu schnipsen. Dabei änderten sich die Dinge in ihrer Umgebung. Die Wände wurden pink, der Boden ebenfalls, außerdem saß sie nun auf einem limonengrünen Sofa und hielt plötzlich eine Limonade mit Strohhalm, Eis und einem Stückchen Ananas in der Hand. Sie schaute nach hinten, und man sah ihr an, dass ihr irgendetwas nicht passte. Dann schnipste sie noch einmal und saß im Bikini auf einer Liege am Rand eines Pools. Sie schnipste wieder und lag nun im Wasser auf einer Luftmatratze, redete dabei jedoch die ganze Zeit wie wild auf uns ein: „Also, was meint ihr? Das Zimmer war doch total cool, zumindest von der Wandfarbe her, ich hatte keine Lust mir allzu viel Mühe zu geben! Aber dieser Pool, der ist doch eindeutig erste Sahne!

Obwohl ich die Temperatur ein bisschen erhöhen sollte, Zimmertemperatur ist ja sooo langweilig…“ „Wieso kannst du denn Zaubern?“, fragte meine Schwester neugierig wie immer. „Ich dachte, das kann man erst ab 18?“ „Ja, das glauben aber auch nur so dumme, unerfahrene Magieanfänger wie ihr. Jeder andere wüsste es! Glaubt ihr etwa, es wäre hier genauso wie bei euch? Da habt ihr euch aber gründlich getäuscht! Man altert nicht, wenn man hier ist. Hier kann man machen, was man will…“, meinte Joanna, doch Ivy unterbrach sie. „Ist es denn nicht total cool im Spiegel?“ „Lass mich doch mal ausreden. Man kann zwar alles machen, was man will, aber nur in bestimmten Grenzen. Ich bin immer allein. Ich habe niemanden, mit dem ich etwas gemeinsam tun könnte. Außerdem kann ich mich nur in der Umgebung umsehen und bewegen, die der Spiegel umfasst. Aber ich kann euch die Magie lehren, wenn ihr mir einen Gefallen tut.“

Das Spiegelhaus

„Was?!? Wir sollen mit einem Spiegel durchs Haus gehen, um dir die Wege zu zeigen und dann so viele Spiegel aufhängen, dass sie überall hängen und sich ihre Sichtflächen überschneiden, damit du mehr Platz hast? Das geht doch nicht, weißt du nicht, wie teuer Spiegel sind? Andererseits, wir brauchen schon jemanden, der uns mehr über Magie erklärt. Ich bin einverstanden, du auch Marie?“, wandelte ich meine Überraschung in eine Frage um.

„Klar, wann fangen wir an?“, erwiderte Marie und beantwortete ihre Frage selbst, indem sie sich auf den Weg ins Bad machte. Ich folgte ihr und das war auch gut so, denn allein wäre sie nicht mehr ins magische Zimmer hereingekommen. Als wir wieder vor Joannas Spiegel standen, hielten wir beide einen Handspiegel in der Hand. Joanna warf beiden Spiegeln einen abschätzenden Blick zu und war im nächsten Augenblick verschwunden. Noch bevor ich wirklich Zeit hatte, sie zu suchen, ertönte ihre Stimme aus meinem Handspiegel: „So, jetzt überlegt mal, welcher Spiegel den größten Raum spiegelt. Oder noch besser: Zeigt mir alle Spiegel!“ Ich ging gemeinsam mit Marie und dem Spiegel aus dem Raum, und lief durch das ganze Haus, wobei ich Joanna alle Spiegel zeigte. Sie war nicht sonderlich zufrieden und wünschte, wieder in ihren eigenen Spiegel zu gelangen. Dort verlangte sie entweder eine Spiegelkette, mit der sie durch das ganze Haus gehen konnte, wobei sie von einem Spiegel in den anderen wechseln würde, oder dass wir Spiegelfolie an allen Wänden als ‚Tapete' anbrachten, und das ‚ein bisschen plötzlich'. Also redeten wir mit Papa am Abend darüber, ob wir nicht alles mit Spiegelfolie bekleben könnten, damit wir uns nicht so alleine fühlten. Das wollte er nicht, doch er bot an, dass wir so viele Spiegel kaufen und an die Wände hängen durften, wie wir wollten, und dass wir uns die Plätze aussuchen durften. Er hatte anscheinend gedacht, dass wir es wirklich nur zur Ermunterung brauchten, da wir unsere Mutter vermissten. Wir ließen ihn in dem Glauben.

Der Alltag

Nach einigen Tagen hingen alle Spiegel und Joanna gelangte mit uns von einem Raum zum anderen. Die meiste Zeit jedoch verbrachten wir im Raum der Magie, wo uns Joanna in die Welt der Magie einführte. Wir fanden heraus, dass wir zu Beginn nur die Dinge aus dem der Tür am nächsten stehenden Regal nutzen konnten. Mein Lieblingsgegenstand war ein normal aussehender Füller, der jedoch in Wirklichkeit allein für einen schrieb. Ich legte ihn zu Hause nur auf den Tisch und er erhob sich, während ich diktierte, in die Luft und schrieb. In der Schule befahl ich ihm zwar auch mit leisen Worten, was er niederschreiben sollte, doch ich hielt ihn dabei fest, damit es natürlicher aussah. Einmal hatte ich so schnell diktiert, zum Glück war das zu Hause gewesen, dass man nicht sah, wie er schrieb, da er so schnell über das Papier flog. Es gab noch viele andere tolle Dinge. Manche von ihnen benutzen wir noch heute recht oft, zum Beispiel:

- Eine Kette, die einen Lehrer dazu bringt, dich nur dann dranzunehmen, wenn du es willst
- Handschuhe, die dich immer warm halten (was gut ist, da ich schnell friere)
- Ein Magnet, der, wenn er an einem Fahrzeug befestigt ist, dieses dazu bringt, sich von selber zu bewegen
- Ein Schmink- und Frisierkoffer, der einen von selber so schminkt und frisiert, wie man es möchte
- Eine Brille, die wie ein Fernrohr wirken kann und
- Freundschaftsarmbänder. Die waren wirklich etwas ganz Besonderes. Ivy fand eines davon, und sie streifte es über, weil sie es so schön fand. Ich stand einige Meter entfernt und hatte nichts davon mitbekommen. Deshalb erschrak ich mächtig, als ich plötzlich ein Armband an meinem Handgelenk vorfand. Erst lachte Joanna uns aus, doch dann erklärte sie uns, dass es auch magisch sei. Als Ivy das eine Exemplar angezogen hatte, war das zweite sofort an den Arm ihrer besten Freundin, nämlich an meinem aufgetaucht. Später haben wir viel über solche Sachen gelacht, doch damals ärgerten wir uns darüber, dass wir noch nicht alles verstanden.

Das Café

Ungefähr zwei Wochen nachdem unsere Mutter verschwunden war, gingen Marie und ich mit Joanna in der Mittagspause in unser Lieblingscafé. Wir Schwestern saßen uns gegenüber, Joanna hatten wir im Handspiegel auf den Tisch gestellt. Wir kamen oft in dieses Café, aßen und tranken hier etwas. Da bemerkte ich zum ersten Mal den Mann. Er saß am benachbarten Tisch und ich beobachtete ihn nachdenklich. Hatte ich ihn schon einmal gesehen? Er kam mir irgendwie bekannt vor. Die Kerze auf seinem Tisch zog meinen Blick magisch an. Sie hatte die Form einer Rose und wirkte so echt, als würde wirklich eine Blüte brennen. „Wollen wir uns nicht da hinüber setzen?“, fragte ich Joanna und Marie, zeigte auf den Tisch nebenan, und hob den Handspiegel, damit auch Joanna den Tisch begutachten konnte. „Ivy, das ist ja wohl zu lustig. Da sitzt schon jemand, und das weißt du genau“, behauptete Joanna. Ihre Stimme war unterkühlt. In Wirklichkeit hatte ich jedoch, sobald ich die Augen von dem Mann abwandte, vergessen, dass es ihn gab. „Aber Joanna, erzähl doch keinen Quatsch!“, meinte nun meine Schwester und begann aufzustehen.

Der Mann
„Oh!“, sagte ich, denn als auch ich auf den Tisch nebenan schaute, sah ich, dass Joanna Recht hatte. „Da sitzt ja wirklich schon…“, doch als ich den Kopf abwandte, vergaß ich, was ich sagen wollte. Da schnipste Joanna gegen den Spiegel. Dort stand nun:
„Verdammt! Das ist der schwarze Fürst! Er hat mich in den Spiegel gesperrt! Macht, dass wir hier raus kommen!“
Wir verstanden zwar nicht, was Joanna meinte, doch uns war klar, dass wir ihrem Rat folgen mussten.

Der Ring
Sobald wir nach der Schule wieder zu Hause waren, gingen wir in den magischen Raum und gaben Joanna so die Möglichkeit, in den großen Spiegel zurückzukehren. Sie schnipste mit den Fingern, bis die Spiegelung, die man nun sah, dem eigentlichen Raum glich. Allerdings waren wir nicht darin, son-

dern nur Joanna. Dann schnipste sie noch einmal. Sie saß nun auf einem Bürostuhl, der wie von selbst durch das ‚Spiegelzimmer' rollte. Aus einem der Regale holte sie einen Gegenstand und zeigte ihn uns. Es war ein zierlicher Ring aus Silber in Form einer Schlange. Das Auge war ein grünlich schimmernder Edelstein. „Nehmt diese Ringe und steckt sie auf!", machte sich Joanna wieder einmal wichtig. „Und was sollen wir jetzt damit?", fragte ich skeptisch, nachdem ich mir einen der Ringe ausgesucht hatte. „Das", bekam ich zur Antwort, „ist ein Smaragdring, der beste Zaubergegenstand, den es gegen das Vergessen gibt. Er wird euch helfen, den Mann nicht sofort zu vergessen, sobald ihr wegschaut." Ich ging aus dem Zimmer, Marie jedoch blieb bei Joanna. Eigentlich mochte ich das Mädchen im Spiegel ja, aber ich hatte Angst, dass sie Marie und mich entzweien würde.

Von diesen erdrückenden Gedanken geplagt, schaute ich aus dem Fenster. Mein Blick schweifte ohne wirklich etwas zu sehen über die Straße, bis ich zurückfuhr. Der Mann, der Joanna eingesperrt hatte, stand im Garten. Als er mich bemerkte, trat er einen Schritt zurück und blieb in einem Busch hängen. Ich sah, wie er genervt das Gesicht verzog, sein Mund bewegte sich dabei. Daraufhin verschwand der Busch. Das war Mamas Lieblingspflanze gewesen! Sie hatte es geliebt, wenn sich im Sommer die strahlend roten Blüten entfalteten. Ich wurde von einer schrecklichen Wut erfasst. Ich öffnete das Fenster und schrie: „Wer hat Ihnen die Erlaubnis gegeben, in unseren Garten einzudringen und dann auch noch Dinge zu entfernen? Wollen Sie uns etwa ausspionieren? Und wie, bitte schön, kommt man auf die Idee, eine unschuldige Person in einen Spiegel einzusperren?" Der Mann bewegte die Lippen, als würde er etwas sagen und verschwand nun selbst spurlos. „Marie!", rief ich, doch sie stand bereits mit Joanna im Spiegel hinter mir. Ich stürzte aus dem Haus, doch als ich dort ankam, wo der Mann gestanden hatte, war nichts zu sehen. Der Mann hatte nicht einmal einen Fußabdruck in der weichen Erde hinterlassen. Da hörte ich Maries aufgeregtes Rufen: „Dort, ein Schlüssel!"

Der Schlüssel

Ich hob den Schlüssel auf. Er hatte die Form einer Ananas, genau wie…Da kam mir eine Idee! Ivy wohl auch, denn wir liefen gleichzeitig los. Wir kamen beim Spiegel im magischen Raum an. Nun hielt ich den Schlüssel an die Stelle des Spiegels, die von einer Ananas geschmückt wurde. Als ich die Hand an das Spiegelglas legen wollte, griff ich ins Leere. Als Magier konnte man nun wieder zwischen der Welt des Spiegels und unserer Welt wechseln. Ich ließ die Hand im Spiegel, da ich etwas ausprobieren wollte. Offensichtlich klappte es, denn als ich schnipste, stand hinter Joanna ein gelber Sessel.

Das Wiedersehen

Ivy zog Marie nun gänzlich aus dem Spiegel, damit auch ich herauskommen konnte. Als ich draußen stand, merkte ich, wie ich innerhalb weniger Sekunden um ein Jahr alterte. Plötzlich klingelte es an der Haustür. Ich warf einen flüchtigen Blick auf die Uhr. Der Vater der Mädchen war es auf jeden Fall nicht. Aber wer war es dann? Hoffentlich nicht der schwarze Fürst! Zögernd gingen Marie, Ivy und ich zur Tür und öffneten. „Mama!", riefen die Schwestern und fielen ihrer Mutter um den Hals. „Was war los? Warum warst du so lange weg? Was…", begann Ivy und Marie fragte: „Was wollte der schwarze Fürst, wie Joanna ihn nennt?"„Nun beruhigt euch mal", unterbrach die Mutter ihre aufgeregten Töchter. „Ich weiß, dass ich euch einiges zu erklären habe. Also, Joanna konnte nur durch euch gerettet werden und..."

Liz Pflugbeil und Hannah Eginton

Das verrückte Spiel

Es war 1966; eine Familie namens Lacha spielte ein Spiel, das es in sich hatte. Die Mutter hatte zwei Kinder: Sie hießen Lena und Lara. Der Vater war bei einem Unfall ums Leben gekommen. Sie spielten das Spiel ohne Namen; es ging darum, wer in die fürchterliche Box greifen musste.

Es fing alles ganz normal an, jeder machte etwas anderes, die Mutter trank Kaffee und die Kinder aßen. Lena musste ein Rätsel stellen. Es ging so: Eine Kerze ging immer wieder an und aus - warum?

Keiner konnte das Rätsel lösen; es war wie ein Wunder, das man nicht erklären konnte, wirklich niemand wusste die Antwort.

Lena beantwortete sie und sagte: „Es ist ganz leicht, Himmel und Hölle stritten sich. Die Hölle entfachte das Feuer und der Himmel löschte es.“

Danach kam die Mutter auf das Postfeld und sie holte einen Brief ab, darin stand: „Sie werden vom Unheil verfolgt.“

Dann landete Lara auf dem Ananassymbol; sie sollte ihren Namen mit Ananasscheiben schreiben.

Nach einer Stunde kamen sie zum Ende.

Irgendeine musste in die Box langen und die Person war die Mutter.

Sie langte hinein und schrie so laut, dass alle zitterten vor Angst.

Es wusste niemand, was in der Box war; und die Mutter war seit dem Moment an stumm. Sie redete seit dem Schrei nie mehr.

Jennifer Pichtl

Die rettenden Kerzen

Ich, Peter Müller, war in der Poststraße. Es war ein Wunder geschehen, denn ich hatte 100 Euro auf der Straße gefunden und zwar vor der Post. Ich ging mit dem Geld nach Hause und überlegte, was ich an diesem Samstagabend unternehmen wollte. Da fiel mir gleich was ein: Ich könnte Henry anrufen und ihn fragen, ob wir einen Spieleabend machen. Ich rief ihn an: „Hey, Henry, was geht ab? Ich hätte Bock auf einen Spieleabend.“ - „O.k., bei Dir um acht“, sagte Henry. „Ich bringe eine Ananas mit“, bedankte sich Peter. Peter ging Einkaufen. Er kaufte Kaffee und 120 Kerzen, falls das Licht ausging. Um mehr Spaß zu haben, lud Peter Jens und Max ein. Es war acht Uhr. Die Gäste waren da. Henry wurde beim Spielen böse und biss in das Kabel. Nun hatte er den Strom gekappt.
Peter dachte: „Schon haben sich die Kerzen gelohnt.“

Manuel Pickert

Illustration: Maria Notkina

Geschichte ohne Namen

„Ihr bestellter Kakao, meine Dame“, sagte der Kellner. Ich nahm die heiße Tasse in die Hand, lehnte mich zurück und blickte auf den wunderschön verschneiten Dachstein. Eigentlich war es ja ganz schön, hier im Skiurlaub in den Alpen. Aber weit und breit gab es keinen Kriminalfall für die beste Detektivin der Welt. Doch damals wusste ich noch nicht, wie bald ich ordentlich etwas zu tun haben würde.

Ich saß auf der Terrasse eines Cafés und löffelte gerade die Sahne von meinem heißen Getränk herunter, als plötzlich etwas golden Glänzendes haarscharf an meinem linken Ohr vorbei in den Schnee sauste. Erschrocken blickte ich nach oben. Doch dort war außer zwei Männern, die gemütlich im Sessellift saßen und ein Salamibrötchen aßen, nichts zu sehen. Dann sah ich in den Schnee und schaute mir das Ding, das vor kurzem noch meine Existenz bedroht hatte, genauer an. Wetten, dass ihr nicht erratet, was es war: Es handelte sich um eine goldene, mit Edelsteinen verzierte, etwa faustgroße Ananas. Da stellte sich mir als geübter Detektivin natürlich sofort die Frage, was es mit dieser Ananas auf sich haben würde. Seufzend erhob ich mich aus meinem bequemen Stuhl und stellte die bereits leer gelöffelte Kakaotasse auf den großen Holztisch neben mich. „Bin gleich wieder da!“, rief ich meinen Eltern zu, die ein paar Meter weiter im Wintergarten des Cafés saßen. Dann schnallte ich meine Skier an und nahm denselben Sessellift, den die zwei Männer vor mir auch schon genommen hatten. Und wie sich herausstellte, hatte ich Recht gehabt, denn die beiden Männer standen an der Bergstation und führten ein verdächtiges Gespräch: „Und was machen wir jetzt mit dem ganzen Zeug?“ fragte der größere der beiden, der eine grüne Bommelmütze trug. Der andere antwortete: „Wir bringen es zur Premhütt'n, dort ist ein unauffälliger kleiner Schuppen, wo wir die Sachen lassen können. Später müssen wir dann noch die Goldenen Kerzen herbringen, um 19.00 Uhr ist die Geldübergabe." „Irgendetwas ist mit den beiden faul!", dachte ich mir und folgte den beiden Männern zu einer kleinen, alten Holzhütte. Ich wartete, bis sie wieder hinausgegangen waren, um mich dann selbst hinein zu schleichen. „Grüß dich, junges Fräulein!", hörte ich plötzlich eine kräftige Stimme hinter mir. Erschrocken fuhr ich herum, und stellte erleichtert fest, dass ich nur dem Postboten gegenüberstand. Er könnte mir vielleicht eine große Hilfe sein und deshalb erzählte ich ihm die ganze Geschichte ausführlich. Er war sofort begeistert von meinem Plan. „Da binn' i doabei, die Post koann wart'n!", beschloss er. Doch als wir in dem kleinen Schuppen ankamen, war es stockdunkel. Unglücklicherweise hatte ich meine Taschenlampe nicht mit. „I hoab' heud' des Monatspaket Kerzen für die Meieri von der Bleaml-Alm daboai, die hoat nix' d'gegn oane oder zwoa oauszleihen", fiel dem Briefträger ein. Und welch Wunder, es gab in dieser kleinen Hütte sogar eine Packung Streichhölzer, so dass wir die Kerzen auch anzünden konnten. Wir durchsuchten die ganze Hütte, fanden aber nichts, bis ich auf einen auffällig großen Rucksack stieß. Behutsam öffnete ich ihn, während die Kerzen mir Licht spendeten. Darin lagen viele weitere, faustgroße, goldene, mit Edelsteinen besetzte Ananas. Vorsichtig nahm ich eine davon in die Hand und verglich sie mit der, die heute Mittag auf mich herunter gefallen war. Eigentlich gab es fast keinen Unterschied zwischen den beiden Ananas, aber von der aus dem Rucksack blätterte die goldene Farbe schon ab. „I denk', mir hoam jetzt gnuag gegen die zwoa in der Hand", sagte der Briefträger und zog sein Handy aus der Jackentasche. „Ich verständige jetzt die Polizei." Wie durch ein Wunder kam die Polizei sofort. Der Briefträger, ich und drei große Polizisten versteckten uns zwischen den herumliegenden Kerzenschachteln und warteten auf die Ganoven. „Haben wir euch endlich!“ rief der Polizist, als sie die Ganoven festnehmen konnten. „Schon jahrelang suchen wir euch wegen eurer Antiquitätenfälschungen.“ Die Ganoven versuchten zu fliehen. „Halt, hier geblieben“, schrie ich und schob ihnen den Postschlitten vor die Füße. Die Gangster stolperten und fluchten: „Warum haben wir immer nur so viel Pech?“ Die Polizisten legten den Ganoven Handschellen an. Ich übergab einem der Polizisten meine Ananas und stellte fest: „Dies ist offenbar das Original. Es ist vorhin auf die Terrasse des Cafés gefallen.“ Der Polizist antwortete erfreut: „Danke, du hast uns sehr geholfen. Ohne dich wären wir den Halunken nicht auf die Schliche gekommen.“ Und der Postbote sagte: „Jetzt muss ich wieder los.“ Woraufhin ein Halunke meinte: „Kein Wunder, dass die Post bei uns immer so spät kommt.“ Und auch ich entschuldigte mich, da ich nicht wollte, dass meine Eltern, die noch immer in diesem langweiligen Café saßen, sich Sorgen machen mussten.

Kathrin Preböck

Südseewunder

Eines Tages bekam ich Post von Mister Ananas. Erstaunt öffnete ich den Umschlag, darin befand sich eine Einladung in sein Strandcafe „Zur Südfrucht“ zu einem Wundertreffen. Ich las: „Lieber Willi, ich würde mich freuen, wenn du Lust und Zeit hättest, an unserem Wundertreffen teilzunehmen. Ein Flugticket liegt morgen am Flughafen für dich bereit.
Bis bald, Dein Mister Ananas.“
„Oh Mann, der Typ ist ja total durchgeknallt. So ein Quatsch!“
Aber ich wurde neugierig. Ich beschloss einen Abstecher auf die Insel zu machen.
Aufgeregt, etwas ängstlich, und ziemlich neugierig bestieg ich am nächsten Morgen den Flieger.
Bei meiner Ankunft wurde ich von Mister Melone empfangen, der mich in einem Strandbuggy direkt zum Café „Zur Südfrucht“ brachte.
In der Strandbar hatten sich schon eine Menge Kinder versammelt und erwarteten ebenso gespannt wie ich, was wohl passieren würde.
Mittlerweile war es dunkel geworden und die Party begann. Es gab die leckersten Südfrüchte und Cocktails, die ich je gegessen und getrunken hatte.
Endlich trat Mister Ananas ans Mikrofon. Es wurde schlagartig still.
Er sprach: „Herzlich willkommen auf Olahuli zu unserem Wundertreffen.
Es ist wieder soweit. Alle 100 Jahre geschieht auf dieser Insel am 12.12. um 12Uhr12 ein Wunder. Ich blickte auf meine Uhr, oh Mann, gleich war es soweit.
Alle lauschten angespannt den weiteren Anweisungen. Mister Ananas bat uns ganz ruhig zu bleiben und den Himmel zu beobachten.

Nun dauerte es nur noch wenige Sekunden und alle begannen mit dem Countdown : „Zwölf - Elf - Zehn - Neun - Acht - Sieben - Sechs - Fünf - Vier - Drei - Zwei - Eins - Null!“
Es knallte, zischte, donnerte und der Himmel erstrahlte in sämtlichen Farben.
Ich hatte noch nie so ein riesiges Feuerwerk gesehen, aber der funkelnde Wunderkerzenregen war das Genialste überhaupt. Mir lief ein Schauer über den Rücken und ich war mächtig stolz, dass ich dabei sein durfte. Denn wir alle hier hießen Wunder und waren 12 Jahre alt.

Paul Pülschen

Illustration: Noel Federl

Plötzlich alles anders!

Es war früher Morgen, als Pia, das 14-jährige Mädchen, mit dem ersten Hahnenkrähen erwachte. Leise stieg sie aus dem Bett und lief durch das große Bauernhaus, das sie so gut kannte. Jeden Winkel hatte sie gesehen. Dann hatte sie gestern Abend, auch noch an ihrem Geburtstag, erfahren, dass ihre Eltern nicht von ihrer Geschäftsreise zurückkommen würden. Nie!

Die Tränen kullerten ihr über die Wangen, als sie daran dachte. Alles war vorbei. Ihre Eltern waren tot! Entführungen in Kriegsgebieten enden doch immer tödlich.

Heute sollten Oma und Opa sie abholen und mit in die kleine Stadtwohnung nehmen. Sie schluchzte. Immer schneller liefen die Tränen über ihr Gesicht. Pia ging zurück in ihr Zimmer. Was sollte sie mitnehmen? Fotos, die brauchte sie unbedingt! Ihren Teddy auch, nie hätte sie gedacht, dass er ihr mal so wichtig sein würde. Von draußen hörte sie Motorengeräusche näher kommen. Oma und Opa. Nein! Sie wollte nicht weg, nicht alles auf ein Mal verlieren! Da hörte sie ein leises Geräusch hinter sich und als sie sich umdrehte, stand da ihre Tante. Sie liebte sie, doch ihre Tante war zu jung, um Pia aufzunehmen. Die Türklingel riss sie aus ihren Gedanken. Ihre Tante öffnete und Pia hörte Omas Stimme. „Hallo Sibylle“, sagte sie, doch sie klang sehr traurig. Zusammen brachten sie die vielen Sachen, die Pia mittlerweile gepackt hatte, ins Auto. Nach langem Abschied und vielen vergossenen Tränen fuhren sie los. Es dämmerte schon, als das Auto stehen blieb und Opa sagte: „Wir sind da.“

Als Pia ausstieg, sah sie ein großes Hochhaus mit vielen kleinen Fenstern. Schrecklich! Sie hasste diese Dinger. Links von dem Haus stand ein Café, das, wie sie zugeben musste, ganz nett aussah. Und in diesem Wohnturm wohnten ihre Großeltern auch noch im 12. Stock. Pia bekam ein kleines Zimmer. Sie fühlte sich schlecht und traurig. Also legte sie sich in das neue Bett, das in einer Ecke des Zimmers stand. Nicht weil sie müde war. Nein, sie wollte einfach nichts, nicht erzählen, nicht zuhören. Doch nach drei Tagen, in denen sie schwieg und das Essen verweigerte, biss sie endlich in ein Brötchen, das Oma ihr vor drei Stunden ans Bett gestellt hatte. Erst jetzt merkte sie, was für starken Hunger sie gehabt hatte. Leise, um Oma und Opa, die schon im Bett waren, nicht zu wecken, schlich sie in die Küche und machte sich noch ein Brötchen. In den nächsten paar Wochen aß sie normal, doch sprechen wollte sie noch nicht. Darum ging sie noch nicht in die Schule. Aber irgendwann musste auch sie wieder hin und diesen ersten Tag brachte sie an einem Montag hinter sich. Sofort wurde sie mit Fragen überhäuft, was ihr natürlich gar nicht gefiel. Deshalb antwortete sie, wenn überhaupt, nur „ja“ oder „nein“. Schon nach wenigen Tagen mochte sie niemand. So verging ein Jahr und ihr 15. Geburtstag rückte näher. Am Abend vor ihm ging sie traurig ins Bett. Von wo auch sollte sie wissen, dass sich ihr Leben zum zweiten Mal von heute auf morgen ändern würde? Am nächsten Morgen wurde sie von ihrer Oma geweckt: „Alles Gute zum Geburtstag“, sagte sie und legte ein kleines Päckchen neben sie aufs Bett. Als Pia sich an den Tisch setzte, den Oma heute mit besonders viel Mühe gedeckt hatte - Opa schlief noch, wie immer - hörte sie, wie der Postbote die Post einwarf. Sofort sprang Oma auf, um sie zu holen. Schon lange interessierte sich Pia nicht mehr für die Post, denn seit sie hier wohnte, hatte sie keinen einzigen Brief bekommen. Doch als Oma wieder in die Küche kam, legte sie gleich zwei Briefe neben Pia. Sie stutzte, doch als sie den ersten Brief öffnete, fiel es ihr wieder ein. Klar, ihre Tante hatte ihn geschrieben. Aber von wem war der zweite Brief? Vorsichtig riss sie ihn auf. Es war eine Geburtstagskarte: Liebe

Pia, ich wünsch´ dir alles, alles Gute und Liebe zum Geburtstag. Sie las den Text zweimal. Kein Name, nicht mal ein kleiner Hinweis oder Tipp, wer der Absender war. Noch den ganzen Tag überlegte sie, wer ihr das geschrieben haben könnte und beobachtete die Menschen um sich herum genauer als sonst. Doch natürlich war das gar nicht so leicht. Immer wieder wurde sie dabei erwischt und erntete dafür komische Blicke von den Mitschülern. Doch heute hatte sie, nicht so wie an den anderen Tagen, gute Laune - auch wenn sie sie versteckte - und die ließ sie sich nicht verderben. Als sie nach der Schule zuhause vor der Tür stand, sah sie Tom, den Jungen, der wie sie wusste, im Café nebenan bei seinem Vater jobbte. Sie mochte ihn, denn er war nett und lustig und auch wenn sie, was oft vorkam, mürrisch wirkte, war er freundlich zu ihr. Und ganz tief in ihr hoffte sie ein bisschen, dass die Karte von ihm war. In ihrem Zimmer angekommen, schaute sie sich die Karte noch einmal genau an und da erst merkte sie, dass ihr das Bild bekannt vorkam. Aber von wo kannte sie es? Schule? Nein. Aber wo war sie sonst noch gewesen? Wo war jemand, der ihr die Karte hätte schicken können? Vielleicht... im Café! Genau, dort musste sie sofort nachschauen. Schnell schlüpfte sie in Schuhe und Jacke, rannte die Treppe runter und stand kurze Zeit später vor dem Café. Da hing das Bild groß und schön hinter dem Tresen. Sie stand gerade mitten im Raum und sah sich suchend nach Tom um, da fiel ihr Blick auf den Fernseher, der sich in einer Ecke des Raumes befand. Wie versteinert schaute sie auf den Bildschirm. Sie konnte es nicht fassen. Inmitten von Polizisten und Reportern sah sie ihre Eltern - sie lebten! Sie konnte ihren Augen noch immer nicht glauben - Doch! Sie lebten! Es war wie ein Wunder!

Platsch! Etwas Kaltes, Feuchtes und Dickflüssiges ergoss sich über Pia. Tom stand erschrocken und verschämt vor ihr, die Gäste hielten die Luft an. Ein starker Geruch nach Ananas stieg ihr in die Nase. „Ananassaft?“ fragte sie Tom, er nickte nur. Die ganze Situation schien ihm ziemlich peinlich zu sein. Pia dagegen fand es in ihrem Glück sehr lustig. „Ich liebe Ananas!“, sagte sie. „Echt?“ Tom schien sich da nicht sicher zu sein „Echt!“ Sie fingen beide an, wie die Verrückten zu lachen. Toms Vater, der die ganze Situation mit weit aufgerissenen Augen beobachtet hatte, lachte mit. Plötzlich lachten alle im Raum und es kam Pia vor, als würden Tausende von Kerzen um sie herum aufflackern. Pia liebte Kerzen, sie liebte ihre Eltern, Ananas und … Tom.

Saskia Pyrsch

Der neue Star

Ich möchte euch eine Geschichte erzählen. Ich dachte, dass es euch interessieren könnte:

Es war ein schöner und sonniger Samstagnachmittag, als ich, Anna, in dem Cafe meiner Eltern saß und Ananas-Stückchen aß. Ganz verträumt saß ich da und spießte ein Stückchen nach dem anderen auf. Ich schwelgte in Erinnerungen an meinen gestrigen Auftritt.
Freitagabend. Es war ein Schulfest gewesen, an dem ich gesungen hatte. Ein Sommerkonzert besonderer Art: Man musste nichts vorführen, wenn man keinen Bock hatte. Aber ich hatte Lust. Ich sang „Hot´ n´ Cold“ von Katy Parry. Geiler Auftritt. Nun ja, nun saß ich da und spielte verträumt noch einmal alles durch, bis mein Musiklehrer, der plötzlich in das Café gerannt kam, mich schüttelte und ganz außer Puste sagte: „Anna, Anna mein Kind!“ Jetzt schlug ich die Augen auf und war wieder in der Realität. Vor mir stand mein kleiner Musiklehrer. Er war, wie gesagt, klein und ein bisschen rund. Eine Halbglatze hatte er auch. Und nur noch wenige graue Haare. Außer Puste prustete er wieder los: „Anna, mein liebes Kind, ein Wunder! Ein Wunder ist geschehen!“ „Ganz ruhig Professor, schnaufen Sie doch erst mal wieder. Ist das Post für mich?“ Atemlos und mit einer Hand an der Hüfte streckte er mir den Brief hin. Ich stand auf. „Danke Professor. Wollen sie vielleicht etwas trinken?“, fragte ich höflich. „Nein, nein, danke. Siehst du denn nicht, dass es ein besonderer Brief ist?“ „Nein“, entgegnete ich. „Dann mach schon auf!“ Langsam, den prustenden Professor nicht aus den Augen lassend, der den Brief anstarrte, öffnete ich den Umschlag und zog das Blatt Papier heraus. Ich las Wort für Wort. Als ich fertig war, brachte ich es gerade noch über mich, meinen Mund wieder zu schließen. „Und?“,

fragte der Professor. „P-P-Persönliche Ei-Ei-Einladung zu „Deutschland sucht den Superstar“!“, sagte ich verwirrt. „Wie kommt das? Und seit wann bringen Sie MEINE Post?“, fragte ich an den Professor gewandt. Der aber schaute mich nur entschuldigend an. Nach einer Weile ließ ich mich auf den Stuhl plumpsen und starrte die Ananas an, als der Musiklehrer begann zu erzählen:

„Also, alles fing damit an, dass ich meine Klasse über DSDS sprechen hörte. Und, na ja, ich finde, dass du so gut singen kannst. Also rief ich bei diesem DSDS an - anonym - und sagte, dass hier auf der Schule ein musikalisches Talent sei und nannte ihnen das Datum deines Auftrittes.“ „Aber entschuldigen Sie, Professor. Wie kommt mein Brief zu Ihnen, wenn alles geklappt hat?“, unterbrach ich den Professor. Die Frage hatte ich vorhin schon gestellt. „Na ja, das ist wieder so etwas. Ich habe gesagt, dass ich dir den Brief geben will, falls es klappt und nannte ihnen meine Adresse. Nun, so kam der Brief zu mir. Bist du böse?“, fragte er vorsichtig. „Nun, na ja, ein bisschen enttäuscht, dass Sie es mir nicht gesagt haben“, meinte ich, aber trotzdem mit einem Lächeln auf dem Gesicht. „Oh, entschuldige, entschuldige. Aber ich wollte, dass es eine Überraschung wird. So ein großes Wunder, dass alles geklappt hat!“

Das war der Anfang von allem. Ich möchte euch aber gleich von meinem Casting erzählen. Los geht's:

Nun stand ich vor Dieter, Nina und Volker. Oah. Ich zitterte am ganzen Körper. Wir unterhielten uns ein bisschen über mich, bis Nina sagte: „Ok, los geht's“. Ich fing an, schloss die Augen und sang „I kissed a girl“. Auf Katy Parry steh ich voll. Die Melodie war ICH. Insgesamt ICH war die Musik. Als ich fertig war mit Singen, öffnete ich langsam die Augen. Mir graute davor, in entsetzte Gesichter blicken zu müssen. Als sie ganz offen waren, sagte erst Dieter, dann Volker und dann

Nina „super“, „toll“, „besser geht es nicht“. Das Urteil der Jury freute mich total. Ich hatte nie gedacht, dass sechs Wörter mich so arg erfreuen können. Bei mir kribbelte es im Bauch, ich konnte es nicht mehr aufhalten. Ich sprang in die Luft und schrie, trippelte nach vorne und nahm dem grinsenden Dieter den gelben Zettel für die nächste Runde ab.
So war es. Als nächstes war der „Recall“ dran. Wenn ich aber alles erzählen würde, würde ich morgen früh noch hier sitzen. Deswegen komme ich jetzt in die wirkliche, ganz wirkliche Realität zurück.
Ich sitze hier in meinem Zimmer in der Kandidatenvilla, mit einer Kerze vor mir, in gemütlicher Atmosphäre. Dominik, ein anderer Sänger, und ich, sind die letzten zwei, die übrig geblieben sind. Es ist schon komisch. Davor waren noch acht weitere Kandidaten mit in diesem Haus. Jetzt ist es so still und leer. Ah, es klopft an meiner Tür. Dominik wahrscheinlich. „Herein!“ „Bist du fertig?“, fragt er. „Jup“, antworte ich.

Also, liebe Leser. Ich hab jetzt das Finale. Auch wenn ich heute Abend nicht gewinne, so bin ich trotzdem schon ein kleiner Star. Dank meines runden und fast kahlköpfigen Musiklehrers, der in jeder Show mit dabei war. Ich glaube, ich habe seinen Traum gelebt.
Dominik ist schon weg. Ich blase die Kerze aus, denn ich muss mich beeilen. Und tschüss!

Ina Rock

Anne

Hallo, ich bin Lea, bin 10 Jahre alt und gehe in die vierte Klasse. Ich wohne übrigens seit Neuestem in Brunn, einem kleinen Dorf. Wenn ihr wissen wollt mit wem, ganz einfach, mit meinen Eltern und meinem kleinen nervigen sechsjährigen Bruder Leon.

Ich sitze gerade auf meinem Bett und würde am liebsten losheulen. Kevin, der Vollidiot, hat mich heute in der Pause auf einen Stein geschmissen, deswegen habe ich auch eine große blutende Wunde auf meinem Knie. Ich habe Mama schon mindestens zehnmal erklärt, dass ich diese Gegend hasse. Ich habe keine einzige Freundin. Es gibt hier nur Zicken, und solche, die einen überall in der Öffentlichkeit verprügeln. Seit ich hier bin, schreibe ich auch nur noch Vierer. Zum Glück kommt Mama gerade in mein Zimmer und versucht mich zu trösten, was wahrscheinlich gar nicht so einfach ist, weil ich immer wieder losweinen muss. Erst wie Mama fragt, ob sie mir eine Ananas schneiden soll, beruhige ich mich und sage natürlich: „Ja!“ Ananas ist mein Lieblingsobst und ich kann davon nie genug kriegen.

Als Mama ein paar Minuten später mit einer Ananas und meinem Bruder hereinkommt, meint Mama, dass ich mich schon an die Gegend gewöhnen werde, und dass ich die Ananas mit meinem Bruder Leon teilen soll, na typisch.

Als mein Bruder und ich anfangen, die Ananas zu essen, fragt mein Bruder mich, warum ich eine Wunde auf dem Knie habe und meint, bestimmt habe mich in der Schule in einem guten Moment der Tyrannosaurus-Rex gebissen. Natürlich weiß ich genau, dass das nicht sein kann, überlege dann aber, dass die Vermutung von Leon gar nicht so schlecht ist, denn so sieht die Wunde wirklich aus.

Beim Abendessen reden wir, das heißt besser gesagt, meine Eltern von den schlechten Noten, die ich zur Zeit schreibe und davon, dass ich in der anderen Schule viel bessere Noten schrieb. Damals, in der anderen Schule, hatte ich meist Einser oder Zweier. Wenn es doch so einfach wäre, meinen Eltern zu verklickern, dass ich in der alten Stadtschule Freundinnen hatte. Diesen konnte ich jeden Tag die schlimmen und die doofen Sachen erzählen und wir machten Witze darüber. Nein, diese Schule ist einfach anders wie die vorige.
Doch das ändert sich erstaunlich schnell. Am nächsten Tag in der Schule nämlich, der Unterricht hat gerade begonnen, klopft es an der Tür und die Direktorin kommt zur Tür rein. Neben ihr steht ein Mädchen, das ungefähr so groß und alt wie ich ist. Das Mädchen hat braunrot gelocktes Haar und froschgrüne Augen. Es sieht ziemlich nett aus. Als ich ihr das erste Mal in die Augen sehe, denke ich, dass das Mädchen, das anscheinend Anne hieß, wie die Direktorin dann noch erklärt, bestimmt meine beste Freundin wird.
Als die Direktorin dann aus dem Klassenzimmer ist, guckt sich meine Lehrerin suchend im Klassenzimmer um, bis sie den freien Platz neben mir entdeckt. Als sie den sieht, sagt sie zu Anne, dass ich Lea heiße, und zu mir, dass sie Anne heißt. Mit diesen Worten führt sie Anne zu dem freien Platz neben mir.
Als die Mathestunde dann endlich vorbei ist, haben wir Englisch bei Frau Seibold und danach haben wir Pause. Auf die warte ich schon, seit ich Anne das erste Mal sah. Warum? Weil ich Anne zwei wichtige Fragen stellen muss.
Als die Pausenglocke dann endlich klingelt, stürme ich mit Anne die Treppe zur Pause runter. „Anne, du bist neu hier hergezogen, stimmts?“
Anne nickt und sagt: „Ja, ich wohne seit Neuestem in Brunn.“
„Echt!“, rufe ich laut.

„Ja“, meint Anne.
„Mensch cool, ich wohne nämlich auch in Brunn und zwar noch gar nicht so lange.“
„Das ist ja toll!“, findet jetzt auch Anne.
Ich erfahre noch, dass Anne nur fünf Häuser weiter wohnt als ich und dass sie keine Geschwister hat. Doch weiter können wir leider nicht reden, denn dann müssen wir wieder in unsere Klasse, zum Glück sind wir in derselben.
Kurz bevor ich in die Klasse gehe, steht Kevin vor mir. Doch heute habe ich keine Angst, weil Anne dabei ist. Daher sage ich heute laut und deutlich zu Kevin: „Geh mir aus dem Weg!“ Tatsächlich, Kevin macht den Weg für mich frei.
Jetzt haben wir Deutsch mit Frau Jakob. „Heute schreiben wir eine Probe“, kündigt sie an, als sie zur Tür rein kommt. Obwohl ich Frau Jakob nicht leiden kann und auch für die Probe nicht viel geübt habe, bekomme ich komischerweise die Note eins dafür. Frau Jakob hat einen guten Tag und korrigiert die Proben gleich.
Auf dem Heimweg reden wir noch über die Probe und merken, dass wir so ziemlich gleich gut sind, denn Anne hat nur einen Fehler und hat eine Eins bekommen und ich hatte zwei Fehler und habe eine Eins. Daheim rede ich mit Mama über die Schule und ich erzähle ihr von der Eins. Anscheinend freut sich Mama total, dass ich wieder besser wurde, denn sie will wissen, warum ich mich verbessert habe.
Ich erzähle Mama, dass ich eine Freundin gefunden habe und weil Mama davon so begeistert ist und Leon heute bei seinem Freund schläft, entscheidet Mama, dass sie heute ja gemeinsam ins Café gehen könnten. So können Mama und Papa die Eltern von Anne kennen lernen und diese meine Eltern. Weil ich mir ausnahmsweise die Telefonnummer von Anne merken konnte, rufen wir gleich an und sie haben Zeit. Natürlich dürfen Anne und ich auch mit und so treffen wir uns eine halbe

Stunde später im Café. Wir finden einen schönen großen Tisch mit einer bunten Kerze in der Mitte. Und wie die Eltern halt so sind, fangen sie gleich an zu reden. Anne und ich kriegen ein Eis und die Eltern trinken Kaffee und essen Kuchen. Weil Anne und mir nach ein paar Minuten langweilig wird, gehen wir auf den Spielplatz neben dem Café. Dort erzählen wir uns Geschichten und Witze und schlecken dabei genüsslich unser Eis. Als wir nach gut zwei Stunden nach Hause gehen, setze ich mich an den Schreibtisch und schreibe einen Brief an meine Freundinnen aus der Stadt, in der ich früher wohnte. Und der sieht dann so aus:

Hallo Clara, hallo Maya,
ich finde es hier, wo ich jetzt wohne, echt toll. Jetzt, wo ich hier auch eine Freundin habe, die übrigens Anne heißt, braunrot gelockte Haare und froschgrüne Augen hat. Anne ist echt nett. Es ist ein Wunder, dass ich sie gefunden habe.
Ich hoffe, es geht euch gut.
Mit lieben Grüßen
Lea

Am nächsten Tag nach der Schule kaufe ich bei der Post noch eine Briefmarke, klebe sie auf den Umschlag und schmeiße den Umschlag samt dem Brief in den Briefkasten.
Weil Anne und ich jetzt eigentlich schon beste Freundinnen sind, machen wir gleich am Samstag eine Übernachtungsparty.

Lara Rosenkranz

Das wundersame Straußenei

Hallo erstmal, ich heiße Mogud und bin elf Jahre alt; ich lebe in Afrika in der Nähe des Nils.

I

Harte Arbeit: Eier sammeln.

„Mogud, aufstehen!“ So wurde ich seit meinem zehnten Geburtstag immer aus meinem Bambusbett gerissen.

Meine Mama sagte einmal, sobald ich zehn Lebensjahre hinter mir habe, sollte ich „ein bisschen“ im Haushalt und Garten mithelfen. Das klappte auch ganz gut, bis sie auf einmal sagte, ich sollte „ein bisschen mehr“ im Haushalt helfen!

Jetzt wisst ihr es ja, weshalb ich um 5.30 Uhr aus den Bambusblättern muss.

„Darf ich noch ein paar Minuten liegen bleiben? Bitte…!“

Und wie immer: „NEIN!“

Doch heute gab es immerhin als Frühstück frisch geerntete Ananas.

Ich verstand nicht, warum es so düster war; selbst unsere einzige Kerze musste angemacht werden, so finster war es. Ich lugte aus der Öffnung des Hauses, aber da wurde es mir klar, dass ich höchstens zwei Meter sehen konnte, so zugenebelt hatte es über Nacht. Ich aß meine Ananas mit Genuss, denn gleich nach dem Essen musste ich den langen Weg zum Nachbardorf laufen und ein paar Briefe und Briefmarken in der Post kaufen.

Danach sollte ich unsere Kaffeebohnen im Café abliefern; als Belohnung durfte ich mir vom Restgeld einen kleinen Kakao kaufen. Ich beeilte mich, nachdem ich die Ananas aufgegessen hatte, und stand ein paar Minuten später fertig, in eine Jacke eingekuschelt, vor unserem Haus. Der Weg zur Post kam mir auf einmal so kurz vor, aber ich glaube, es lag an meinen Ge-

danken an die heiße Schokolade. Ich kaufte die Briefsachen und flitzte zum Café. Es war Gott sei dank keine lange Warteschlange und ich kam schnell dran. Auf dem Rückweg versuchte ich mich an den leckeren Kakaogeschmack zu erinnern. Als ich zuhause ankam, bereitete meine Mutter gerade das Mittagessen vor. Als sie mich sah, bedankte sie sich herzlich und wies mich gleich in den nächsten Dienst ein: die Straußeneier in die Küche zu bringen. Denn dort legten wir sie unter unser selbst gebautes Wärmelicht, damit sie in Ruhe ausschlüpfen konnten. Ich holte die Eier von draußen und legte sie unter das Wärmelicht, ging zur Couch und relaxte erstmal. Doch nach einer kurzen Zeit schlief ich ein.
Als ich wieder aufwachte, erschrak ich zuerst, denn was ich sah, wird mir so schnell keiner glauben. Auf meinem Bauch stand ein gerade ausgeschlüpfter Dinosaurier, der mich frech angrinste.

Illustration: Anil Camli

II

(Vier Jahre später)

Heute musste ich mal wieder in das Nachbardorf, doch diesmal nicht zu Fuß. Ich holte die Leine aus dem Schrank, bespannte mein Haustier und setzte mich darauf. Ich gab ihm seine tägliche Streicheleinheit und es rannte los.

Ich war sehr froh, dass ich mich in der Vergangenheit sehr gut um den Dino gekümmert hatte.

David Rüger, Mitglied von Mimikry Junior

Amandas Unglück

Es war einmal ein Mädchen, es war ein Wunder der Natur. An einem düsteren Morgen trank Amanda einen Kaffee. Danach rannte sie eilig zum Bus, um auf die Weihnachtsfeier in der Schule zu gehen. Als sie dort ankam, setzte sie sich auf einen Stuhl.

Nach einer langen Rede des Rektors kaufte sie sich für 1 € eine Ananas. Sie aß die Ananas bis zum Stiel und warf ihn dann auf den Kopf des Rektors, der Amanda dann eine Post nach Hause schickte. Amanda war sauer und rannte aus dem Schulhaus. Doch am Ausgang der Schule bekam sie noch als Segen für den Nachhauseweg eine Kerze mit.

Morsal Salik

Im Café

An einem Freitag ging Lucas mit seiner Mutter in das Café gegenüber, um sich mit einem Kindergarten-Freund zu treffen. Die zwei haben sich ewig nicht gesehen. Leider konnte der Freund Jan nicht gleich kommen, denn er stand mit seiner Mutter im Stau. Doch nach einer halben Stunde tauchte auch er auf. Lucas freute sich riesig und zeigte Jan seine neue Kinderpost. Sie spielten sehr lange mit ihr. Die Mutter unterbrach das Spiel, denn sie hatte den Lieblingskuchen der beiden gekauft, er hatte pro Portion drei Ananasstücke oben drauf. Der schmeckte zwar anders als sonst, aber trotzdem sehr gut. Die beiden holten sich noch ein Stück an der Kuchentheke und teilten ihn. Nachdem sie ihn gegessen hatten, gingen sie in den Cafégarten und fanden eine Kerze. Sie fragten die Mutter: „Können wir die Kerze behalten?“ Da antwortete die Mutter: „Ja, wir können ja mal probieren, ob sie noch brennt - sie ist ziemlich nass.“ „Jaaaaaaa!!!“, sagten die Jungen wie aus einem Mund.

Die beiden liebten es zu zündeln, doch da kam ein Mann. Er wollte wissen, woher die Kerze kam. Er sprach zwar englisch, aber die Mutter übersetzte. Sie sagte ihm, wo sie sie gefunden haben. Der Mann erzählte, dass er nur diese Kerze in den Geschäften der Umgebung gefunden hat und dass er die Kerze braucht, denn in seiner Mietwohnung ist der Strom ausgefallen. Da hatte die Mutter Mitleid und ging schnell in ihre Wohnung und holte ein paar Teelichter. Er bedankte sich vielmals und ging zurück in seine Wohnung. Nach ungefähr 2 - 3 Minuten kam er wieder und sagte, dass es wie ein Wunder war, durch die Teelichter war die Wohnung so hell wie normal. Als Dankeschön lud er die drei zu einem Getränk freier Wahl ein. Sie unterhielten sich noch ein bisschen und er erzählte mit seinem gebrochenen Deutsch, dass er aus Großbritannien eingewandert ist. Sie wurden gute Freunde und trafen sich nun regelmäßig.

Konstanze Schnabl

Illustration: Madeleine Fruth

Die Nachrichten

„Ding, Dang, Dong! Meine sehr verehrten Damen und Herren, hier spricht Ralf Rantes. Ich bin heute Ihr Reporter. Herzlich Willkommen zu ‚Stop and Station', den Nachrichten um 15.30 Uhr! Los geht's!

Der Einbrecher Chen Mildius wurde gestern Abend gefasst. Er hatte einen großen Ananasvorrat im örtlichen Delikatessenobstgeschäft gestohlen. Die Polizei fand ihn im Café Tollpatsch in der Stocktagasse 143. Beim Schein einer Kerze zählte er in der Besenkammer des Cafés die Beute. Die Festnahme gleicht einem Wunder. Der Polizeibeamte Siebelsack war mit dem Polizeischwein Linchen zu Gast in dem Café. Eigentlich war das Schwein auf Rauschgift abgerichtet, aber der Polizist hatte es in seiner Freizeit zusätzlich auf Ananas dressiert. ‚Ich gehe oft mit meinem Schwein einkaufen. Es muss mir die beste Ananas aus der Auslage im Supermarkt suchen. Sie wissen ja, Ananas ist nicht gleich Ananas. Aber das Näschen hat auch Nachteile. Einmal bei der Post hat es das Ananasparfüm einer Dame vor mir gerochen und hat sie glatt umgerannt!' Im Café Tollpatsch witterte das Schwein die Ananasbeute und stürmte die Besenkammer. Siebelsack musste den Dieb nur noch die Handschellen anlegen und abführen. Wir beglückwünschen ihn zu diesem Erfolg. Einen schönen Tag noch, bis Morgen!"

Benedikt Wittenberg

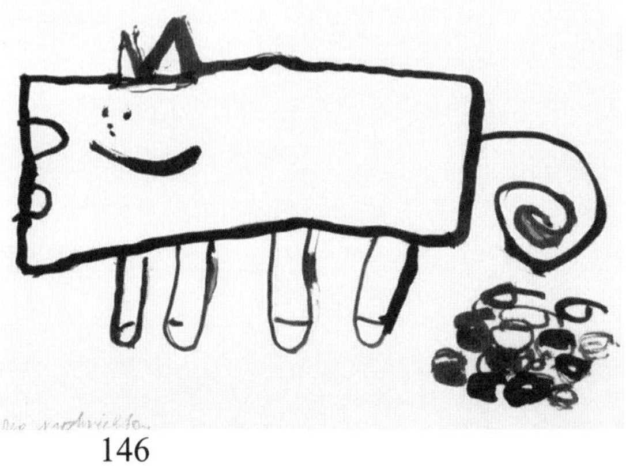

Illustration:
Anthony Haimerl

Anhang

(Kurzinformationen über die Autoren und Illustratoren, Inner Wheel Club Nürnberg Sibylla Merian, den Verlag und das Förderprojekt Fledermauskeller)

Die Autoren

Avolio, Fabio
Jg. 1999, Wilhelm-Löhe-Schule
Computer
(AWO-Hort Leonhard)

Brisken, Daniel
Jg. 1999, Astrid-Lindgren-Grundschule;
Judo, Garten, Traktorfan

Buczek, Leon
Jg. 1999, Grundschule Altenfurt
Radfahren, Skaten, Kino, PC und X-Box

Cinar, Hüseyin
Jg. 1999, Schule St. Leonhard
(AWO-Hort Leonhard)

Eginton, Hannah
Jg. 1995, Ohm-Gymnasium Erlangen
Tennis, Klarinette, Lesen, Geschichten schreiben, Tanzen

Feser, Nele
Jg. 1998, Labenwolf Gymnasium
Hockey, Geräte turnen, Verabreden, Spielen, Lesen
Hat zwei Schwestern, zwei Katzen, zwei Wildkaninchen und ein Meerschweinchen

Fettweis, Lena-Sophie
Jg. 1997, Peter-Vischer-Schule
Lesen, Volleyball spielen, Kochen

Fuchs, Moritz
Jg. 1997, Labenwolf Gymnasium
Saxophon, Segeln, Ski fahren

Gomer, Viktoria
Jg. 1995, Sigena Gymnasium
Schwimmen, Musik hören, Rad fahren
Mitglied von Mimikry Junior

Gost, Anton
Jg. 1998, Labenwolf Gymnasium
Tennis, Hockey, Gitarre, Musik hören

Gutwin, Tara Maria
Jg. 1998, Grundschule Altenfurt
Tanzen, Singen, Schreiben

Habtamu, Oli-Yadi
Jg. 1999, Schule St. Leonhard
(AWO-Hort Leonhard)

Hartung, Chiara
Jahrgang 1999, Montessori-Schule
Reiten, Tennis, Flöte und Ballett
Mitglied von Mimikry Junior

Heizmann, Nina
Jg. 1998, Jenaplan Schule Nürnberg
Lesen, Reiten, Musik, Tiere

Herbst, Maike
Jg. 1998, Farrnbachschule Fürth
Fußball, Lesen, Mathematik, Katzen

Hibbeln, Tobias
Jg. 1999, Grundschule Igensdorf
Lesen, Tischtennis, Judo

Jönnson, Paula
Jg. 1997, Labenwolf Gymnasium
Tiere, Kuchen backen, schöne Ausflüge machen

Karatekin, Bekir
Jg. 1998, Schule St. Leonhard
(AWO-Hort Leonhard)

Kern, Jannis
Jg. 1994, Montessori-Schule
Kochen, Computer, Tauchen
Bekocht am liebsten die Eltern und Geschwister am Samstagabend

Kölln, Daniel
Jg. 1997, Gymnasium Roth
Handball, mit Freunden spielen

Kotzerke, Nicholas
Jg. 1999, Grundschule Altenfurt
Fußball, Gitarre

Krapfenbauer, Lea Sophie
Jg. 1999, Grundschule Altenfurt
Singen, Tanzen, Reiten, Judo

Leis, Martina
Jg. 1996, Wolfgang-Borchert-Gymnasium Langenzenn
Pferde, Lesen, Malen, Klarinette

Löhlein, Viktoria
Jg. 1998, Labenwolf Gymnasium Nürnberg
Reiten, mit Freunden treffen, liebt alle Tiere

Ludwig, Anna
Jg. 1996, Neues Gymnasium Nürnberg
Lesen, Schreiben, Zeichnen, Spielen, will später Autorin werden
(Illustrierte ihre Geschichte selbst)

März, Svenja
Jg. 1998, Labenwolf Gymnasium
Lesen, Basketball, Schwimmen, Querflöte

Maxeiner, Christina
Jg. 1994, Martin-Behaim-Gymnasium
Handball, Tanzen, Bücher lesen, Geschichten schreiben
Mitglied von Mimikry Junior

Miehling, Jakob
Jg. 1998, Kunigundenschule Lauf
Fußball spielen, MP3 - Player hören, Lesen, Pokern

Müller Daniela
Jg. 1995, Wilhelm-Löhe-Schule
Musik hören, Schaukeln, Schwimmern, Lesen, Geige und Klavier spielen

Nagalo, Tamara
Jg. 1996, Montessori-Schule Nürnberg
Reiten, Lesen, Schreiben, Zeichnen, Einradfahren

Pawellek, Maria
Jg. 1995, Hauptschule Allersberg
Malen, Basteln, Lesen

Peters, Julia
Jg. 1998, Neues Gymnasium Nürnberg
Fußball, Zeichnen, Geschichten schreiben, Ägypten, Altertümer

Pflugbeil, Liz
Jg. 1995, Ohm-Gymnasium Erlangen
Lesen, Schreiben, Freunde treffen, Reisen, Geschichten erfinden

Pichtl, Jennifer
Jg. 1995, Hauptschule Allersberg
Reiten, Leichtathletik

Pickert, Manuel
Jg. 1997, Ossietzky-Schule
Badminton, Fußball

Preböck, Kathrin
Jg. 1996, Willstätter-Gymnasium Nürnberg
Fußball, Römer, Malen

Pülschen, Paul
Jg. 1999, Farrnbachschule
Handball, Ski fahren, Schwimmen, Lesen

Pyrsch, Saskia
Jg. 1996, Labenwolf Gymnasium
Tanzen, Lesen, Klavier spielen, mit Freunden Zeit verbringen und lachen, Pfadfinderin

Rock, Ina
Jg. 1997, Labenwolf Gymnasium
Gitarre spielen

Rosenkranz, Lara
Jg. 1999, Jena-Plan-Schule Nürnberg
Flöte Spielen, Malen, Lesen, schreibt gerne Geschichten

Rüger, David
Jg. 1995, Rudolf-Steiner-Schule Nürnberg
Kochen, Kung Fu, Zeichnen, Fotografieren, Filmen
Mitglied von Mimikry Junior

Salik, Morsal
Jg. 1997, Ernst-Penzoldt-Hauptschule
Spielen

Schnabl, Konstanze
Jg. 1999, Holzgartenschule
Basteln, Klavier spielen, Malen und Lesen, Diddelfan

Wittenberg, Benedikt
Jg. 2000, Grundschule Stein
Lesen, Zeichnen, Toben

Die Illustratoren

AWO – Mal- und Zeichengruppe

Die Illustrationen entstanden im Mal- und Zeichenkurs der AWO Nürnberg. Unter der Leitung von Julia Notkina treffen sich die Kinder und Jugendlichen jeden Samstagvormittag, um ihrer Kreativität freien Lauf zu lassen. Die in diesem Buch abgedruckten Zeichnungen sind von Anna Novgorodski, Maria Notkina, David Rüger und Anil Camli.
Wer Interesse am Malen und Zeichnen hat, bekommt unter Tel. 0911/45060166 mehr Informationen über den Kurs.

Klasse 4b der Regenbogenschule Nürnberg

Die von Frau Wiesner geleitete Klasse hat in einer längeren Unterrichtseinheit viele Illustrationen zu einem Teil der abgedruckten Geschichten geschaffen. Aus Platzgründen können nur einige dieser Illustrationen abgebildet werden. Diese stammen von Noel Federl, Anthony Haimerl, Alper Kaymak, Florian Treml, Madeleine Fruth, Julia Grübner, Sandra Leidolph, Nadine Paul, Katharina Rupprecht, Franziska Weiß
Mitgewirkt haben hierbei:

- Teresa Wiechova, Dipl. Designerin, Illustratorin und Künstlerin; Studium in Prag und Nürnberg; seit 1995 selbstständig als Grafikerin und Illustratorin; viele Ausstellungen im In- und Ausland; Zeichenkurse und Kunstprojekte mit Kindern an Nürnberger Schulen
- Wolfgang Bräuer, seit 1997 Mitarbeiter im Kulturladen Gartenstadt; dort zuständig für Kunst, Kinder, Kurse sowie Öffentlichkeitsarbeit

Inner Wheel Club Nürnberg Sibylla Merian

Der **Inner Wheel Club Nürnberg Sibylla Merian** ist 2006 gegründet worden und hat aktuell 24 Mitglieder. Inner Wheel ist eine weltweit tätige Frauenorganisation. Überall gibt es Inner Wheel Clubs und jeder Club sucht sich seinen eigenen Namenszusatz aus.

Der Inner Wheel Club Nürnberg Sibylla Merian hat als Namenspatronin Maria Sibylla Merian gewählt.

Maria Sibylla Merian (1647 - 1717) war eine für ihre Zeit sehr außergewöhnliche, willensstarke und vielseitige Frau mit einer großen künstlerischen Begabung, Neugier und Verbundenheit zur Natur.
Sie bestritt ihren Lebensunterhalt selbstständig als angesehene Naturforscherin und Kunstmalerin und zeigte ein großes soziales Engagement.

Inner Wheel - und damit natürlich auch der Inner Wheel Club Nürnberg Sibylla Merian - hat drei große Ziele:

1. **Pflege von Freundschaft** innerhalb des Clubs, d.h. es gibt einmal pro Monat ein gemeinsames Treffen mit Vorträgen, Museumsbesuchen und vielen anderen spannenden Veranstaltungen.

2. **Internationale Verständigung**
Man trifft sich mit in- und ausländischen Partnerclubs und arbeitet für internationale Projekte zusammen.

3. Soziales und kulturelles Engagement
Jeder Club sucht sich Themen aus, bei denen die Clubmitglieder mit persönlichem Einsatz und finanzieller Unterstützung tätig sind.

Das „Gib mir Fünf - Buchprojekt" zu unterstützen ist für uns vom Inner Wheel Club Nürnberg Sibylla Merian eine ganz besonders erfreuliche Erfahrung, bei der unser Ziel „*kulturelles Engagement*" natürlich zu 100% erfüllt wird!
Und:
Was gibt es Spannenderes, als so viele phantasievolle Geschichten junger Autoren und Autorinnen lesen zu dürfen?

Astrid Gost
Inner Wheel Club Nürnberg Sibylla Merian

Ein Keller für das Braune Langohr

Jugendgruppe des Bundes Naturschutz renoviert einen alten Felsenkeller im Rednitztal. Dieser soll Fledermäusen im Winter als Unterschlupf dienen.

Fledermäuse? Igitt! Das sind doch alles kleine Vampire, die nur darauf warten, mir das Blut auszusaugen! - Von wegen. Fledermäuse sind sehr nützliche Tiere, auch wenn man das nicht so sehr merkt. Sie fressen zum Beispiel lästige Insekten und sorgen so dafür, dass wir im Sommer nicht so oft gestochen werden.

In Nürnberg gibt es sogar eine ganz besondere Fledermausart: Das Braune Langohr. Sie heißen übrigens tatsächlich so, weil sie riesige Ohren haben. Jedes Ohr ist fast so lang wie der ganze Körper und erst zehn Braune Langohren sind so schwer wie eine Tafel Schokolade. Leider sind es in letzter Zeit immer weniger geworden. Das wollen wir ändern. ‚Wir' sind die „Nature Rangers", eine Jugendgruppe im Bund Naturschutz. Die Mitglieder sind 14 bis 16 Jahre alt. Seit letztem Sommer renovieren wir in Zusammenarbeit mit der Stadt Nürnberg einen Fledermauskeller am Krottenbach bei Nürnberg. Hier, in einem alten Kartoffelkeller, haben die Fledermäuse bis vor wenigen Jahren eine Möglichkeit zum Überwintern gefunden. Durch den Regen ist aber der Eingang zum Keller verschüttet worden und die Türe herausgebrochen. In zwei Tagesaktionen haben wir den Keller schon freigelegt. Aber trotzdem konnten dieses Jahr noch keine Fledermäuse überwintern: Der Rahmen, in dem die Türe hing, ist nämlich zusammen gebrochen. Ohne die Türe wird es im Keller aber zu kalt und die Braunen Langohren würden erfrieren.

Deshalb freuen wir uns, dass junge Autoren unsere Aktion unterstützen. Für den NZ-Schreibwettbewerb „Gib mir 5" haben viele Kinder und Jugendliche Reizwortgeschichten geschrieben. Die besten davon werden in einem Buch veröffentlicht. Einen Teil des Verkaufserlöses dürfen wir verwenden, um einen neuen Türstock einbauen zu lassen. Einen weiteren Teil, über 500 Euro, haben die „Nature Rangers“ während der Haus- und Straßensammlung des Bundes Naturschutz gesammelt. So hoffen wir, den Braunen Langohren schon im kommenden Winter wieder ein Quartier bieten zu können.

Christoph Wiedmer
Pressesprecher der Jugendgruppe „Nature Rangers“

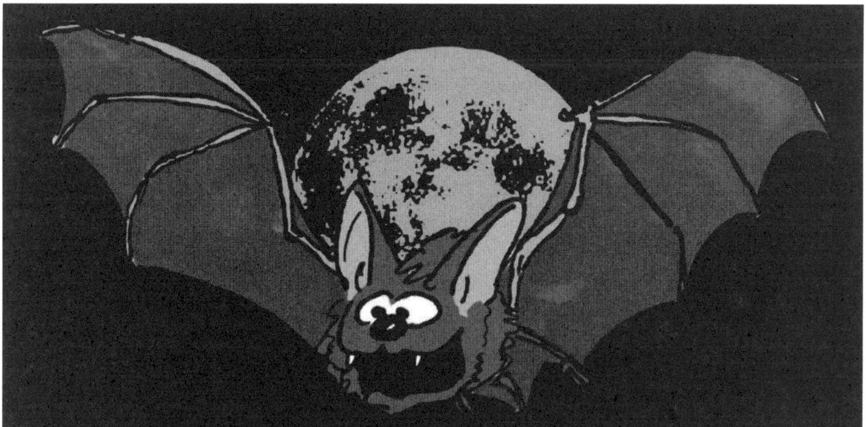

Die bisherigen Publikationen der Edition Knurrhahn:

Lieben Sie Reizwörter? Lesen Sie bzw. erleben Sie das Mimikry-Buch
„Einer flog übers Gemüsefach“. Sie finden darin 55 originelle, witzige und skurrile Kurzgeschichten.
ISBN 3-932717-00-7; € 10,-

***

Lieben Sie außergewöhnliche Gedichte? Gönnen Sie sich den Lyrikband: K.H. Demuß - **„Metamorphe Poesie“**.
ISBN 3-932717-01-5; € 4,90

***

Für Liebhaber des niveauvollen, nicht blutrünstigen Krimis empfiehlt sich **„Eine Ferienidylle“** von W. Handrick.
ISBN 3-932717-02-3; € 7,45

***

Manfred Schwab und Nadina Dinta präsentieren gemeinsam das Buch
„Letzter Fischladen vor der Autobahn“ und bieten darin viel Scherz, Satire, Parodie und Philosophie.
ISBN 3-932717-03-1; € 8,40

***

Gedichte und poetische Texte präsentiert Barbara Lorenz (BaLo) in **„Abrabarbara!“**.
ISBN 3-932717-04-X; € 9,-

***

Ein 14-jähriger Schüler beschreibt seine aufregenden Abenteuer im
„Tagebuch einer Flasche“, verfasst von K. H. Demuß für junge und
jung gebliebene Menschen.
ISBN 3-932717-05-8; € 7,50

Karl Heinz Demuß und Thomas Rüger präsentieren in der Broschüre
„Das erste Dutzend ist voll“, zwölf bei Mimikry - Lesungen entstandene Spontangeschichten.
ISBN 3-932717-06-6; € 3,-

Erotische Reizwortgeschichten präsentiert der zweite Mimikry-Band
„Erlesene Höhepunkte“, Gastautoren sind u.a. Tanja Kinkel und
Jürgen von der Lippe.
ISBN 3-932717-07-4; € 9,95

***

Eine moderne Geistergeschichte und gleichzeitig eine lokalpolitische Posse ist der von Wolfgang Handrick verfasste zeitkritische Roman **„Das Engagement“**.
ISBN 3-932717-08-2; € 8,45

***

Skurrile Kurzgeschichten präsentiert G. Fürstenberger in seinem Band
„Erforschung der Einsamkeit“.
ISBN 3-932717-09-0; € 9,-

***

Begegnungen sind das Motiv in Ursula Hoffmanns lyrischem Werk **„Sternenwelten“**.
ISBN 3-932717-10-4; € 13,-

***

Kurze Alltagsepisoden versammelt Agnes Chrambach in dem Band
„Die Spatzen pfeifen wieder“.
ISBN 3-932717-11-2; € 7,50

Ein tierisches Abenteuer erzählt die Jugendautorin Michaela Schmid:
„Die Geschichte von Florian Floh...“.
ISBN 3-932717-12-0; € 7,50

***

Eine Vielzahl an ironisch-witzigen, aber auch nachdenklichen Kurz-geschichten beinhaltet Günter Baums Band **„Der Sturm“**.
ISBN 3-932717-13-9; € 10,-

***

20 alltägliche und phantastische Begebenheiten schildert Gisela Clara Czerny: „Der Glasäugige“.
ISBN 3-932717-14-7; € 10,-

15 Jahre VS - Regionalgruppe Nürnberg waren Anlass für die Anthologie **„Unser 20. Jahrhundert”**. Die Bandbreite reicht von Karl Bröger und Jakob Wassermann bis zu Fitzgerald Kusz.
ISBN 3-932717-15-5; € 10,-

***

Wovon andere träumen, wird Realität für den Helden der Titelerzählung **„Der Mann, der aus seiner Haut fahren konnte“.**
Gerd Fürstenberger entführt die Leser in andere Welten.
ISBN 3-932717-16-3; € 10,-

***

Eine illustre Autorenschar, von Dieter Th. Heck bis Renate Schmidt, wirkt mit in der Mimikry-Anthologie **„Seltsame Begegnungen“**.
ISBN 3-932717-17-1; € 11,-

Eine historische Figur beschreibt der Autor Günter Baum in seiner Novelle **„Agnes Stöcklin“**.
ISBN 3-932717-18-X ; € 9,50

***

Dieter Schneider lässt einen internetsüchtigen Journalisten unfreiwillige Verwandlungen durchmachen: **„Columbia-Code“.**
ISBN 3-932717-19-8; € 11,-

***

In der napoleonischen Ära spielt Wolfgang Handricks Roman **„Der doppelte Irrtum“.**
ISBN 3-932717-20-1; € 9,50

***

Über das Erwachsen werden im Nürnberg der Nachkriegszeit berichtet Max Göbel authentisch in **„Die Oase lebt“**.
ISBN 3-932717-21-X; € 12,80

60 Briefe an Anne Frank von Prominenten und Schülern aus der Region vereint die Herausgeberin Madeleine Weishaupt im Buchprojekt **„ich schreibe dir, weil auch ich mir frieden wünsche“**.
ISBN 3-932717-22-8; € 9,90

***

Vergnügliche wie hintersinnige Geschichten präsentieren die WördArtisten in ihrem Band **„Als der Java Wizard einen Koffer traf“**.
ISBN 3-932717-23-6; € 9,-

***

Eine nachdenkliche Novelle über das Phänomen der Wiedergeburt schrieb Günter Baum: **„Erst als die letzte Trommel schwieg...“**.
ISBN 3-932717-24-4; € 7,50

Robert Unterburgers erste Kurzgeschichtensammlung **„Jenseits der Lichtung“** schildert alltägliche Erfolge und Niederlagen in einer direkten und klaren Sprache.
ISBN 3-932717-25-2; € 8,-

Alltagserlebnisse, aber auch bedenkliche Entwicklungen in Gesellschaft und Politik spießt Max Göbel auf. **„Aus meinem satirischen Tagebuch“** ist ein vergnüglicher und hintersinniger Lesespaß!
ISBN: 978-3-932717-26-0; € 9,80

***

Die zweite von Madeleine Weishaupt herausgegebene Anthologie beinhaltet Briefe an die Schweiz: **„ich schreibe dir, weil ich nicht bei dir bin“**.
ISBN 978-932717-27-7; € 9,90

***

Die zweite Kurzgeschichtensammlung von Robert Unterburger lautet:
„Geschichten über das Leben vor dem Tod“.
ISBN: 978-3-932717-29-1; € 8,-

***

Ein gnadenloser Nürnberg-Thriller ist der zweite Roman von Dieter Schneider über einen gnadenlos ins persönliche Unglück stürzenden Lehrer: „**Angefüttert**“.
ISBN 978-3-932717-30-7; € 11,80.

In jeder Buchhandlung oder direkt beim Verlag erhältlich:

Thomas Rüger Verlag,
Am Graben 38
90475 Nürnberg

Fax: 0911/406094
E-Mail: thomasruegerverlag@web.de
www.thomasruegerverlag.de.vu